全民微阅读系列

南京的太阳

夏 阳 著

江西高校出版社

图书在版编目(ＣＩＰ)数据

南京的太阳/夏阳著. —南昌:江西高校出版社,
2020.8(2024.9 重印)

(全民微阅读系列)

ISBN 978－7－5493－9140－0

Ⅰ.①南…　Ⅱ.①夏…　Ⅲ.①小小说—小说
集—中国—当代　Ⅳ.①I247.82

中国版本图书馆 CIP 数据核字(2019)第 224432 号

出 版 发 行	江西高校出版社
社　　　址	江西省南昌市洪都北大道 96 号
总编室电话	(0791)88504319
销 售 电 话	(0791)88522516
网　　　址	www.juacp.com
印　　　刷	北京一鑫印务有限责任公司
经　　　销	全国新华书店
开　　　本	700mm×1000mm　1/16
印　　　张	12.5
字　　　数	180 千字
版　　　次	2020 年 8 月第 1 版 2024 年 9 月第 2 次印刷
书　　　号	ISBN 978－7－5493－9140－0
定　　　价	58.00 元

赣版权登字 -07－2019－857

目录 / CONTENTS

南京的太阳

到南京的第二个晚上，我接到警察的电话。警察说："有个男人自称是你父亲，麻烦你来一趟，确认一下他的身份。"

真是滑天下之大稽。我来南京，是为了参加小鹿五周年演唱会。来之前，父亲在手机里千叮咛万嘱咐，别接听陌生电话，别搭理陌生男人，不要独自走夜路……简直把人世间所有的黑暗与丑陋数落个遍。没想到真被他言中了，陌生的南京居然冒出来一个自称是我父亲的男人，真是狗血剧情，比小说还小说。

我对着手机非常干脆地拒绝道："骗子，我爸特意叮嘱过，这样的人肯定是骗子！"

南京的太阳真大，铺天盖地，到处是翻滚的热浪，把南京城变成一个巨大的平底煎锅，沸腾着我们这些远道而来的少年的情怀。从故乡到南京，不到 400 公里的路程，我却差点和父亲闹翻了。

虽然隔着千山万水，但我完全能够想象出父亲在手机那端的样子，他肯定是板着面孔，紧锁眉头。为此，我不得不要点小花招。我对父亲说："人家明年就要参加高考啦，每天日程排得满满的，脑袋都快要爆炸了。去南京也不是专程为了看演唱会，演唱会有啥好看的，其实我更想去南京大学参观一下，给自己定一个目标，你女儿明年保证把它拿下。"

果然,父亲在那边沉吟了片刻,说:"你妈没时间陪你去,我这边又请不到假……"

我立刻打断父亲的话,说:"老爸,你一向教育我要独立,现在正是锻炼的机会,你16岁时不也自己出去打工了吗?"

一切很顺利,不到中午我已经踏上了南京的地盘。南京的太阳,果然名不虚传,一出火车站就晃得我睁不开眼。

客栈早已在网上订好,手机导航和打车软件可以直接把我送到目的地,来前已规划好行程:先游览南京大学;第二天上午参加歌星签售会,下午和晚上看他们的演出;第三天到小鹿他们下榻的酒店守候,得到合影后返回故乡。

对于明年就要参加高考的我来说,南京大学的确是我心中的圣殿。这与当年高考失利的父亲一直对我的洗脑有关,他总是脸色凝重地说:"女儿啊,假如当年我考上大学……"我内心无论怎样不屑,表面也得装出一副认真倾听的模样。我知道,在我们之间,有些代沟是天然存在的,生活除了奔波劳碌,还有诗和远方的田野。作为父亲,他只知道在青岛干建筑小工,扛水泥、搬石块、挑砖头,数年如一日,从不知道演唱会是何等的气势恢宏,又怎么可能理解一个少女对心中偶像的深情膜拜和狂热迷恋呢?

演唱会现场,荧光棒似海,呐喊声震天,数万人忘情地摇,忘情地唱,宛如一个盛大的节日。我举着自拍杆,录制视频的手激动得发抖,喉咙吼得嘶哑,双脚踩得生疼……

演唱会结束后的第二天,我和众多意犹未尽的铁粉蹲守在酒店门口。皇天不负有心人,我居然得到小鹿的同意与他合影,他还在签字本上留言:"努力冲刺,静候佳音。"我激动得全身颤抖,泪水迷离。所有的少年都在尖叫呼啸,现场气氛如同喷发的火山,而我们的内心,更是海洋般澎湃。

就在这时,我再次接到警察的电话:"姑娘,先不要急着挂掉,你认真听听这声音熟不熟?"

半个小时后,我坐在派出所里。一个狼狈不堪、形容憔悴的男人,出现在我面前的监控屏幕上。

警察指着屏幕说:"最近周边发生了好几起强奸案猥亵案,警方一直在暗中进行蹲伏抓捕。这名可疑男子跟踪了你两天,具有潜在的犯罪嫌疑。但无论我们怎么审问,他坚决不招,一直自称是你父亲。"

屏幕上的父亲,半年未见,似乎一下子苍老了好几岁。他头发灰白,如野草一般杂乱,黑褐色的脸上,小眼睛倦怠无神,尤其满是血泡的嘴唇,胡子拉碴如一枚烂柿子。我清晰地听到他从监控器里发出的虚弱的声音:"我绝对没有欺骗你们,到时我女儿可以作证!"

我几乎哭出了声音,对着监控屏幕哽咽道:"爸,您为什么就不能直接打电话给我?哪怕发个信息也好,您为什么要在这里待到现在!"

听见我的声音,父亲愣了一下,欣喜地扬起头,脸上露出一贯的微笑。他柔声地说:"演唱会还没有结束,爸怕影响你。"

我再也说不出一句话。

南京所有的太阳,突然跑进了我的眼睛,炽烈、滚烫。我不得不蹲下来,捂住面孔,捂住从指缝间奔涌而出的如暴雨般的泪水。

孤独的老乡

我不知道他叫什么名字,暂且叫他小吴吧。

第一次盘问小吴,真不能确定他在我眼皮底下多久了。偌大的天安门广场,游客络绎不绝,人头涌动如过江之鲫。大家背对巍峨的城楼,无不在忙着摄影留念,"茄子"声此起彼伏。小吴不是这样。他到处转悠,瞅瞅这个,看看那个,时不时还支棱起耳朵,像一条狗一样撵在人家身后,偷听人家在讲些什么。

形迹可疑。

我作为广场的巡逻人员,截住小吴,问:"你干吗?"

他捏着衣角,嗫嚅道:"我在丰台那边打工。"

"我是问你来天安门广场想干吗。"

"没干吗呀。"

"老实点,我注意你不是一回两回了,你老盯着人家游客干吗?"

"我……我在找人。"

"找谁?"

"找老乡。我来北京三年,还没遇到过一个老乡。"

我鼻子一酸,拍了拍小吴的肩,叮嘱道:"注意点形象,别太露骨,更不准妨碍人家。"

他的眼里汪着泪,点点头。

天安门广场，像草原一样广袤，来自祖国四面八方的人群，河流一般朝这里涌来。黄昏时候，夕阳之下，人流涌得愈加湍急。小吴迎着无数面孔走去，仔细辨别暮色下的每一张脸、每一句方言。

夜深了，广场上游客稀疏，灯火慵懒，小吴拖着疲惫的身躯，追上了20路公交车。公交车从我跟前一闪而过时，我看见小吴抓着吊环，挤在一群人中间，眼里满是恋恋不舍。

小吴来的时间很固定。每个星期天早上，换乘三趟公交车来，晚上又换乘三趟车回去。我巡逻时经常遇到他，有时会问："找到了吗？"他总是一脸黯然。

有一次，我发现他神情大异，跟着一个旅行团很久，最后还是悄悄地离开了。我问他："不是吗？"他失望地答道："不是，是相邻那个县的。"

"相邻那个县也是老乡啊。"

他摇了摇头，固执地说："连一个县都不是，能算是老乡吗？"

我安慰他说："你实在是想家了，就回去看看吧。"

他笑道："回家？我爹在山上打石头被炸死了，那个女人改嫁去了外省，哪有家？"说完，撇开两条瘦腿，消失在人海中。

小吴找到按照他的标准定义的老乡，是在一个下午。远远地，看见他和一个夹着公文包的中年男人在国旗下拉扯。我立即赶了过去。小吴看见我，激动地说："他是我老乡，绝对的老乡！"

那中年男人甩开小吴的手，整了整领带，呵斥道："老乡？谁和你是老乡，老子是北京人！"

小吴说："你耍赖，你刚才打电话说家乡话，我听出来了，你是我们县的。"

中年男人厌恶地挥了挥手,骂道:"神经病。"白晃晃的太阳下,小吴单薄的身体晃了一下。

这件事后,很长时间没有看见小吴在我眼皮底下转悠了。我心中不禁想:他是死心了还是离开北京了? 这孩子,挺好的,时间长了没见,还真让人心里有点挂念。

小吴再一次出现,是带一对老人来看升国旗。这对老人脸色凄苦,衣衫褴褛。我问他:"你找到老乡了?"

小吴说:"没呢。他们是一对聋哑夫妇,东北的,也没有老乡,我就对他们说,我们做老乡吧。"

我欣慰地笑了,说:"那加我一个吧。"

小吴狐疑地问:"你?"

我看着远方,沉默了一会儿,凄然地说:"我在这里巡逻快三年了,也没遇见一个老乡。"

C 大调的城

元宵刚刚过完,鞭炮喜庆的响音在空中还未散尽,你飞一般逃离了你生活的那座城市。

你去了丽江——一座高原上安宁的古城,传说这里到处流动着明亮的忧伤,可以治愈异乡人的暗疾。

暮色暗淡,你站在四方街上,面对招牌林立的原色古朴的小客栈,一家家地找感觉。人声嘈杂中,你内心惶惶,如丧家犬一般无助。

他拎着酒瓶斜斜地站在十字路口。你看了他一眼,他正看着你。

这是个潦草的男人,头发蓬乱,胡子拉碴,一身恰到好处的邋遢,显得很艺术。他走到你面前,默默注视着你,眼里盈满怜爱。他说,去我家吧。说完,一转身,自顾自地向前走,歪歪扭扭地,弃你不管不顾。他一边走,一边时不时地举起手里的酒瓶,一仰脖,咕咚几口。

这是个落魄的男人,和你一样落魄。

你拖着沉重的行李,机械地跟在他身后。你心里什么都来不及想,像中了魔一样,脑海里一片空白。

丽江的月亮升了上来,素白的月光下,他和你一前一后,巨大的影子在青石板路上跌跌撞撞,像两条流浪狗。

所谓他的家,其实是别人经营的一家小客栈。他也是外地人,租住在楼下。他叫老板安排你住上了二楼。第二天,你推开窗户,发现这里地势陡峭,离四方街不远不近,却非常偏僻安静。更让你喜出望外的是,窗外一览无余,辽阔碧蓝的天空下,玉龙雪山白雪皑皑。

你不想走了。

初春的高原,寒风凛冽,草木枯败,还残留着寒冬阴冷的迹象。病恹恹的阳光下,玉龙山雪峰皎皎,晶莹的银光,耀目晃眼。不一会儿,风起了,乌云团聚,山峰乍隐乍现,扑朔迷离。有时,云层里泄漏出一片金光,山腰间顿时云蒸霞蔚,白雪呈绯红状,掩映在一片霞光中安详若佛。你整天坐在窗边,痴痴地看着风云变幻的玉龙雪山,心里的水从眼睛里无谓地漫了出来,直至泪流满面。

两个月后，你的心情似乎好了些。阳光灿烂的下午，你会出去转转。面对一城的古朴和安逸，你喜欢坐在双孔古桥上发呆，看桥下小河里的雪水淙淙，看对面某个墙角探头探脑的花花草草，看密密麻麻的青瓦房凝滞在时光里。偶尔，你会想起一些人，一些事，直至在桥上呆坐许久，将生人看成熟人。

阳光肆意地洒在脸上，空气中弥漫着春天的清香。你无声地笑了，其实城市的伤痕，如同深山古寺的钟声，想则有，不想则无。你终于释然了。你敲了敲心脏的位置，又用力捶了捶，心想，结痂了。

华灯初上的夜晚，你经常出去，坐在四方街某间昏暗的酒吧里。夜色，在一排排红灯笼的摇曳下哔剥作响，就像你以前常常弹奏的 C 大调，无论现实发生了什么样的苦难，它始终色彩明亮，在琴键上温暖着每个人的心房。你要了一瓶红酒，一杯接一杯，直到面色酡红。一双双俪影打门前经过，手牵手，晃来晃去。寂寞如排山倒海般向你袭来。

你抬头朝那个十字路口望了望。那里，春风满地，人头攒动，却没有你的期待。自从你到丽江后，你们其实很少打照面。偶尔下楼遇见他，也只是礼节性地点点头。他呢，清醒时，一脸腼腆，目光躲躲闪闪，如一个大男孩。如果遇到喝醉了，他看你时目光灼热，充满某种挑逗，让你瞬间有种被烫伤的错觉。呵呵，这是个有趣的男人。你身体柔软，像一只猫一样蜷在虚幻迷离的灯光和红酒里，模糊不清。

你的身体一天天苏醒，一天天柔软。毕竟，你才刚过 35 岁。有一天凌晨，揽镜自照，你惊讶地发现镜子里面的自己面若桃花，黑暗中嘴唇闪闪发亮。

一个月色妩媚的夜晚,你一身性感,在从酒吧回客栈的路上,遇到了他。他喝得酩酊大醉,烂泥一样睡在街边。你费了很大的力气,才把他弄回了客栈。在他房里,你像母亲面对自己少不更事的孩子,把他扶到床上,帮他脱鞋,还捏着毛巾给他洗了把脸。你关了灯,转身将要离去,这时,你的手突然被他一把拽住。你万分惊愕。还没等你反应过来,他一把将你拖倒在床上,紧接着一翻身,如狼似虎般,死死地把你压在身下。

你在他身下又撕又咬,拼命地挣扎。你很想告诉他,能不能不要这般粗暴。但这一切都是徒劳的,他动物般凶猛,压得你喘不过气来。你的死命抵抗,反而激起了他强大的占有欲。他很快得逞了。他进入你身体的那一刹那,你望着头顶天花板上摇摇欲坠的蜘蛛网,一阵阵晕眩。你无望地闭上眼睛,眼泪汩汩地涌。

完事后,他也许是真疲乏了,打了个酒嗝,倒头沉沉地睡去,还发出了鼾声。你一身酸痛,像散了架一样,到处是伤。你睁大眼睛,缩在床角,惶恐不安地看着他。许久,你才缓过神来,忍不住从后面抱住他,紧紧地贴在他的后背上,把自己软化成一条鱼。你轻轻摩挲着他强壮的胸膛,身体一阵痉挛。太长时间没亲近男人了,你的鼻子一酸,禁不住又是泪光莹莹。

空气中,残留着你的体香味、他的汗臭味、你体液的味道、他体液的味道,还有他满身的酒气和屋里的霉腐味。这些味道交融在一起,最终汇成了一种让你痴迷的气息。你喃喃自语:有男人,真好。

借着窗外的月色,你细细打量着他的脸。这是一张满足的脸,棱角分明,嘴里不时冒出几句孩子般的呓语。你拉过来一条薄毛毯,轻轻地盖在他的身上。

窗外的街巷,在皎洁的月色下,渺无人影。只有春风在空中细细地圈着涟漪,如同 C 大调惯有的诠释,温暖暧昧,又寂寞明亮。

杭州巷 10 号

其实杭州巷 10 号并没有刻意躲避都市的喧嚣。

幸福路作为一条商业步行街,每天人流密集,其左边有一个非常不起眼的小岔口,叫平安街,顺着平安街进去百余米,一拐弯,眼前生出一条南北走向的小巷,便是杭州巷。

杭州巷狭窄细长,仅容得下两人并行,麻石板铺就的巷道,伴随着墙脚一线湿湿的青苔,一直延伸到尽头。巷子两边的建筑,古朴、荒凉,被圈在高高的院墙内。透过门缝,可隐约窥见一些雕梁画栋,当然还有断壁残垣。小巷里,杳无人影,只有寂寞的风顺着寂寞的巷道穿巷而过,轻轻地吹拂着墙头几株寂寞的小草。步行在小巷里,抬眼望去,四周就像一幅油画,挂在墙上,沉睡不醒。从时尚繁华的幸福路,到几个老人家猫在门口打盹的平安街,再到这古老幽深的杭州巷,宛如经过时光隧道,从当代穿越到近代再穿越到古代。

我去的时候,时至深秋,碧空如镜。

上午的阳光嫩黄羞怯,在墙头瓦楞上探头探脑,却无法照进小巷。行走在小巷里,头上是一片金灿灿的阳光,人却站在岁月的阴凉中。我此行的目的地是杭州巷 10 号，也是整个小巷唯一的住户。驻足 10 号门前，犹豫良久，那两扇厚重的木门还是被我轻轻地叩响了。

不一会儿，一个老太太站在门口。她的目光和善，完全没有都市人那种惯有的警惕。我结结巴巴地说自己是摄影发烧友，喜欢用镜头来捕捉历史，想进院里看看。老太太莞尔一笑，热情地把我迎进院内。

院子很大，里面种了不少花草。秋天的菊花开得正艳，颜色五彩缤纷，白如雪，粉似霞，而黄的，则黄得热闹，也黄得伤感。院内飞檐斗角，回廊石阶，曲径通幽，流水潺潺。难以置信，在现代都市林立的高楼大厦脚下，竟然藏着这样的深居大院。

老太太精神矍铄，红光满面，来去如风，丝毫看不出有八十高龄。当我喝着她端过来的茶并且猜她的年龄最多六十出头时，老太太笑声朗朗，说她留学海外的儿子，如果现在还在世的话，他明年将过六十大寿了。老太太说她姓李，从十八岁结婚那年起，已经在这院子里生活了六十多年。六十多年里，女儿夭折，儿子客死他乡，用人遣散，老伴过世，一个个亲人相继离去，昔日门庭喧闹的大宅子，最后只剩下她一个孤老太太了。老太太说这话时表情恬淡，似乎是在谈论别人家的事情，看不出有任何的悲伤。

我问："这巷子为何叫杭州巷，和杭州有什么历史渊源吗？"

老太太说："现在知道这巷子来历的人应该不多了。说来话长，早在清朝末年，有一批杭商集体迁移来此，他们开茶庄、丝绸店和当铺等，买卖做大了，赚钱了，就在这里扎根，抱团买地置业，于是就有了这杭州巷。你可别小看这巷子，它可是当年这座城市的心窝窝呢。巷道之所以修得这么窄，就是为了减少闲杂人员的进入，无论多大的官来访，文官落轿，武官下马，就是皇帝来了，也得老老实实从巷子口步行进来，谁让它才三尺宽呢。"说到这里，老太太得意地笑了。

我吃了一惊，没想到杭州巷在当年是如此的尊贵显赫。我问老太太："你也是杭州那边过来的？"

"不是。这宅子原先是一个姓刘的杭州人建的，开茶庄、酒楼，家大业大，但子女败家，吃喝嫖赌，个个都是鸦片鬼，没几年光景便败得一干二净，成了街上的叫花子。这宅子，是我家公当年花了不少银圆买下来的。你不知道，当年想嫁进杭州巷，是多少女子梦寐以求的事呢。"

望着老太太一脸甜蜜又略带羞涩的回忆状，我仿佛依稀看到了当年一个情窦初开的妙龄女子，红红的衣裳，红红的头巾，在喜庆的鞭炮声里，众星捧月一般，被浩大的迎亲队伍捧进了这杭州巷。

在杭州巷 10 号，如置身于山野的一处宅院里，都市的喧嚣和车流的嘈杂似乎已经远去。空气里，阵阵花的清香在明朗的阳光下微微发酵。和老太太坐在一块儿喝茶聊天，真是一种享受，仿佛在翻阅一本历史书。

我拍了几张照片后，告别老太太，告别杭州巷 10 号，重新回到巷子里。阳光从天空泻下来，无遮无拦，小巷子里被岁月磨蚀得溜光如玉的麻石板，在阳光的照耀下生出耀眼的光亮。

我默默地退出杭州巷时，一个磨刀师傅挑着担子正站在巷子口，高声叫喊着：磨剪子嘞，戗菜刀！他抑扬顿挫的叫喊声跌落在小巷里，溅起一巷子清脆的回音。磨刀师傅喊了数声，站了片刻，却没有走进小巷。

我回到单位。主任问我："老太太同意拆迁了?"

我沮丧地摇了摇头。主任皱了皱眉。很显然,我这个刚被招聘进来的大学生第一天的工作,让他很不满意。

我默默地望着主任难看的脸色。他的身后,悬挂着这座城市的规划蓝图,上面一条条粗大笔直的线路,纵横交错,气势凌厉。

我向主任建议道："按照老太太目前的身体状况,是很难熬过这个冬天的。要不,我们等到明年开春再说,如何?"

主任沉默不语。

亲爱的深圳

"我老婆要来了,孩子也会来。"

吃完早餐,张贵要走了。张贵走前,对吴莉说了这句话。那时,张贵正猫腰蹲在门边系鞋带,背对着吴莉。

吴莉穿着一件水红色的睡袍,猫一样性感,窝在沙发里喝豆浆。张贵说那句话时,尽管声音很轻,很平静,吴莉却听得真切。吴莉的手里正抓着一个馒头,闻言抖了一下,转而继续塞进嘴里,大口大口地嚼着,眼睛空茫地盯着香港卫视的早间新闻。

空气有些沉闷,吴莉撕咬馒头的声音很大。张贵依然蹲在那里系他复杂的鞋带。许久,吴莉说:"你现在出去找房子?"

"嗯。"

"麻烦你把门关一下,我想再睡一会儿。"吴莉把电视关了,歉意地笑笑，起身朝卧室走去。

张贵的嘴张了张，却不知说些什么。他站起身，不敢回头看吴莉，小心地把门带上了。身后门锁轻轻的咔嚓声，让张贵的鼻子有些发酸。

张贵和吴莉不是老乡，也不是同事。他们是在 101 路大巴上认识的。这是一条从西丽动物园到火车站的线路，像深圳湾海岸一般漫长。张贵是一家物流公司的普通职员，上班地点在罗湖海关附近，公司的集体宿舍却在 20 公里开外的南山松坪村，每天早晚，几乎是两次横跨整个深圳关内。吴莉是地王大厦里面一家贸易公司的业务经理，自己在竹子林租了一套一房一厅。张贵每次起床都是天蒙蒙亮，洗漱完毕，打仗一般撵上 101 路大巴的早班车，吭哧吭哧半个小时，就能准时看见吴莉优雅的身影，再过半个小时，等吴莉下车了，张贵还得吭哧吭哧半个小时，最后下车步行十分钟到达公司，躲在洗手间里擦去一身疲惫的汗水，换上西装系上领带，一天的工作才算正式开始了。

张贵和吴莉都知道彼此有家室，只是一个在江西井冈山脚下的小镇上，一个在遥远的哈尔滨市区。也许只有在深圳这座城市，才能上演张贵和吴莉这样的故事。张贵有时也住宿舍，但多半在吴莉那里过夜。情感的寂寞，身体的需要，彼此心照不宣的温暖，只是为了想方设法逃避孤单。既不是一夜情，也不是包养，比朋友多一分暧昧，比情人少一分纠葛。随时都有可能戛然而止，像急刹车那样，却不能追尾。张贵和吴莉当然清楚这个深圳独有的游戏规则。

现在，就戛然而止了。张贵吸了吸鼻子，看着深圳蔚蓝的天空，长长地叹了口气。他没想到自己是如此溺水般地难受。吴莉是个好女人，虽然他知道自己配不上她。

张贵走出竹子林，站在深南大道的站台上，看着眼前的滚滚车流，一时不知何去何从了。

深圳是一座让人情感复杂的城市。每天，坐在漫长的大巴上，看着车窗外一条条睡梦中的街道，想着老家的妻儿，张贵就想离开，却一直舍不得离开。甚至有一次南昌的分公司想调他过去，他磨磨蹭蹭很长时间，还是放弃了这个离老家很近的机会，还是老老实实守在吴莉身边。然后，重复在每天微曦的清晨，在101路大巴上，面对这座魅力四射的城市，咬牙切齿地想离开。

过几天，他的妻儿就要来深圳了。他眼下当务之急的是赶快找一间出租房，找一个安顿妻儿的家。张贵先去了岗厦。在蜘蛛网一般的小巷里，张贵不停地转悠，一边留意墙上张贴的小广告，一边向路人打听。忙活了一个上午，腿都走软了，张贵却没找到一间待租的房子。"这个城市的人口太多了，像我这样的外地人太多了。"张贵不由大发感慨。

岗厦位于深南大道边，地理位置优越，交通便利，房子不容易找，因此应该找偏僻一些的地方。中午，炎炎烈日下，张贵想明白了这个道理，便离开岗厦，沿着车公庙、香蜜湖周边开始马不停蹄地寻找，最后跨过滨河大道，到了上沙。

张贵的一双腿像灌了铅一般沉重，但一想到自己在深圳很快也有家了，心里便暖暖的，瞬间加快了步伐。

上沙倒是有房子。

一个本地老伯隔着防盗门打量了张贵半天，摆摆手，扭身就走。张贵急得啪啪地打门，大声喊道："大伯，我不是坏人，我有工作的！"那人像聋人一样，头也不回地上楼去了。张贵纳闷了半天,低头瞅着自己一身肌肉疙瘩还穿着短衣短裤,便后悔不迭。

　　既然本地人以貌取人,那找二手房东吧。张贵奔波了一个下午,找了十几家,还不死心地问了两家中介公司。这一带的租房行情:六七层楼高,不带电梯,一个配微型洗手间和厨房的单间,加起来不到 15 平方米,一个月最少也要 1800 元。张贵不由倒吸了一口冷气:娘哎,我一个月工资才 3000 多,去掉房租,还有水电费、电话费、交通费等七七八八的开支,我一家三口在深圳喝西北风啊?张贵后悔答应老婆来深圳,甚至后悔放弃了那次调去南昌的机会。

　　坐在回公司宿舍的公交车里,张贵虚弱地瘫在座位上,心情无比沮丧。本想找一个离公司近一点的房子,省去每天在路上的劳碌奔波,多挤点时间陪陪家人,现在看来,这是水中望月了。唉,明天还得向公司请假,去宿舍附近的村子里找找。那里应该便宜多了吧。

　　张贵下车后,经过天桥时,不由止住脚步,习惯性扶在栏杆上,向四周望去——一轮明月大得惊人,静静地悬在头顶。月色如水的深圳,霓虹灯闪烁,星河一般璀璨迷人。

　　张贵皱眉想了一会儿,一拍大腿,对了,今天是中秋节!怪不得月亮这么大这么圆。

　　张贵痴痴地望着月亮。许久,他掏出手机,拨了吴莉的号码。电话响了很久才接通,里面传来马桶冲水的声音。吴莉紧张地问:"有事吗?"

　　张贵说:"突然想起来了,今天是中秋节,我想最后一次陪陪你。"

　　吴莉说:"不行!我老公和女儿下午从哈尔滨飞来了。我得挂了,你自己保重,再见。"

那一年中秋节的午夜,深圳大街上空空荡荡,没人知道,有一个叫张贵的男人,盘腿坐在一座天桥上,举着啤酒瓶和月亮对饮,一边泪流满面,一边喃喃自语:"亲爱的深圳……"

屋顶上的猫

春天就要来了。猫在不远处叫了起来。只不过那猫的叫声过于悲恸,类似婴儿般号啕大哭,里面夹杂着满腔委屈和无奈,无休无止,昏天暗地,用一种近乎神经质的疯狂,让周庄的午夜烦躁不安。

这对于居住在"春来客栈"的游客来说,简直是一场灾难。飞机、高铁、大巴,他们千里迢迢,不辞辛苦,无非是想在这静夜安逸中枕水而眠,酣然入梦。可是,他们的美梦全让这叫春的猫搅乱了。

第二天一大早,就有两个常住客退房搬走了,其他游客也是瞪着熊猫眼,纷纷向客栈的老板娘春兰表达自己的愤怒。春兰坐不住了,气呼呼地叫醒丈夫春来:"去,你去说说你妈,养什么破猫,这客栈还开不开?"末了,忍不住嘀咕了一句:"想不到人老了,心思却不少。"春来知道老婆的意思,无非是指前街的王二伯和娘两人孤男寡女,彼此意思很明显。最匪夷所思的是,王二伯家里也养了一只猫,唉,公的,猫通人性。

春来找到娘时，正是晌午，老人在院子里晒太阳。年关的阳光，饱满壮实，黄澄澄的，笼罩着整个小院。老人窝在椅子上打盹儿，时不时地睁开眼睛看看猫。猫，灰不溜秋，乖乖地趴在屋顶的黑瓦上，也在打盹儿，偶尔也睁开一双黄溜溜的圆眼睛，瞅一眼老人。猫的头顶，是天空，白云缱绻。

春来对娘说话的意思很简洁："赶紧把这罪魁祸首的猫撵走，否则游客会跑光了。一家人的吃喝，都指望这客栈嘞。"临走，他也和老婆一样，小声嘀咕道："还是多为儿孙的脸皮想想吧。"

猫毫不理会这人世间的曲直，到了晚上，依然是午夜，依然号啕不止。开始是在屋顶，看见老人拿竹竿来赶，"嗖"的一声蹿入夜色茫茫中，毫无踪迹。待老人刚进屋，它又在河边的老树上，远离着人群灯火，于夜幕下继续它长夜难挨的骚动。老人追赶了几次，便垂头丧气地坐在床上，一个劲地叹气："前世的老冤家，你把你那猫放出来会死啊？"叹完气，关了灯，黑暗里一个人蒙着被子，呜呜地哭。不远处，猫在屋顶上叫得更欢了，严格意义上来说，是更为瘆人。周庄午夜的神经，在这猫叫春的声音里被无限膨胀，膨胀到让人的脑袋快要爆炸了。这次，不仅春来客栈顶不住了，就连住在周边几家客栈的游客也是义愤填膺。

天还未亮透，老人还在床上睡觉，春兰就旋风一般闯了进来，一边用竹竿撵着猫打，一边嘴里骂骂咧咧："叫你骚，我叫你骚！"猫躲在衣柜上，泪汪汪地看着老人。老人拦住春兰，郑重地说："我保证，它今晚不再叫了。"春兰将竹竿摔在地上，一边走出屋一边回头往地上吐唾沫："呸，不要脸的东西！"

又是晌午，老人和猫，一个在院子的椅子上，一个在屋顶，又是在晒太阳,偶尔,彼此对望一眼。老人默默地坐了好一阵,然后站起身,对猫招了招手。喵呜——猫亲昵地应了一声,奔入老人的怀里。

老人抱着猫进了里屋,坐在床上,拥入怀中嗯嗯嗯地哄着,像哄孩子睡觉一样。突然,老人一把扯过被子,捂在猫的头上,死死地勒住猫的颈脖不放。猫四条小腿拼命地乱蹬,蹬着蹬着,越来越慢。老人一迟疑,把手撒开,坐在床边大喘气。猫自个儿从被子里挣扎着爬了出来,一下子蹿上屋顶,缩在屋顶的瓦上,委屈地看着老人。老人忍不住泪水涟涟,一边哭一边埋怨不争气的猫:"没事你瞎叫什么?没事你瞎叫什么?"

傍晚时,老人抱着猫出门了,她站在双桥上,对着河道尽头的一栋房子,愤愤地看了一眼,然后沿着河的另一头,夹杂在熙熙攘攘的游客之中,走进了镇人民医院。

医院里一位年轻的大夫听说老人要给猫找一种哑药,惊得不知所措。他不得不给老人解释,说这里是看人的医院,不看猫,看猫得去宠物医院。

宠物医院?宠物医院在哪里?

周庄没有,得去昆山,或者上海,您还是先去昆山找找吧,应该有的。

按照大夫的提醒,老人抱着猫,坐上了开往昆山的大巴。大巴启动的刹那间,老人扬起头,默默地看着车窗外的周庄。

世界在周庄的上空黑了下来。

天 空 之 城

　　茶水间局促狭小,光线幽暗,好在临街有一扇窗,虽不大,但透过窗玻璃,可以望见深圳天空的一角。工作之余,她喜欢站在窗前。

　　她所处的楼层是58楼。

　　顺着这个高度向外望去,是重峦叠嶂的都市森林,一幢幢拔地而起的摩天大楼,桅杆一样直直地刺破苍穹。摩天大楼的外面,裹着一层鱼鳞状的铠甲,蓝莹莹的,在阳光下如一面面巨大的镜子,倒映着蓝天白云的倒影。时间久了,她知道那叫玻璃幕墙。她讨厌这些玻璃。在她眼里,这些摩天大楼就像是一条条晾晒在天地间的咸鱼,一小片一小片的鱼鳞大同小异,泛着冷冰冰的青光。

　　还是仰望好,她喜欢仰望这座城市的天空。因为站在58楼上,她抬头所看到的,完全是另一个世界,一个站在地面上难以想象的世界——浩瀚明净的天宇下,摩天大楼的塔尖在云海中若隐若现,如一座空中的城堡,闪烁着童话的荧光。无论是金光万丈,还是繁星点点,都有一种远离尘世之感,犹如史前的冰川世纪,万里洪荒,旷世无人。每次,她站在窗前,总是满目空明,心旷神怡。

　　城市的天空,更多时候还是风的世界,云的故乡。云朵倏来忽往,随意飘荡,变幻无穷。有时黑云摧城,狼奔豕突,让人胆战心惊;有时白云缱绻,踱着闲步,慢吞吞地迈过摩天大楼的头顶。这一切,对她来说,是一种心花怒放的幸福。往往就在不经意间,她朝窗外一瞥,就会相遇流云在天幕上所绽放出来的美,像棉花,像绵羊,像面包,像高山,而颜色更是五彩斑斓,淡紫、碧青、靛蓝、绯红、金黄,万花筒一样让人目不暇接。

有时,她会踮起脚尖,脸贴着玻璃,俯身朝四下里探望。透过缥缈流动的云朵,街道、公园、河流、树林,在她眼皮底下一览无余,就像摆在棋盘上一样。她每天上下班经过的深南大道,更是微缩成一条彩带,川流不息的车辆像蚂蚁一样在上面缓缓地蠕动着。高度给人带来了浩阔的视野,使她心生清凉。只是时间久了,天天看,看多了,她居然发现这脚底下的深圳,其实和以前在老家种的那块稻田并无二致:鳞次栉比的高楼是一兜兜迎风生长的禾苗,她所租住的城中村是稻田边低洼的菜地,港口是排水渠,高速公路是田埂,街道是纵横交错的禾垄,街上跑的各种车辆是蹦跶在禾苗根下的龙虱、瓢虫和蚂蟥,地铁口是随处可见的小洞眼,公交车是蚯蚓,地铁是泥鳅,再长一点的火车,自然是身姿矫健的黄鳝——世界不过如此。她轻轻地笑了。

偶尔,会有飞机如大鸟一般从楼顶掠过,在她视野里转瞬即逝。飞机像什么呢?像蜻蜓。她老家的稻田,每至初夏禾苗抽穗之际,总有一群群红蜻蜓不请自来,在禾苗上翩翩起舞,上下翻飞,晶莹的翅翼于晚霞中闪烁着天使般的光芒。对,就像飞机闪着橘色的光点穿过夜空。也许她这辈子注定要和飞机结缘。年轻时,她也是一个长相俊俏的姑娘,十里八村的小伙子都暗恋她。她矜持地观望了好一阵子,最后嫁给了一个退伍兵,家里穷得叮当响,她却义无反顾。原因很简单,这个退伍兵去海南岛采购过一批蔬菜种子，代表部队去的，来回坐的是飞机。她坚信，坐过飞机的人见过大世面，肯定不简单。可惜，她没有笑到最后。结婚不到十年，那退伍兵罹难死了。唉，这死鬼，好端端的，怎么说没就没了呢！每次看到飞机从窗外飞过，她总是忍不住小声嘀咕，暗自垂泪。就在她稍一分神的工夫，飞机早已不见了踪影，而那闪烁的光点似乎还残留在她的眼睑里。

偶　　然

偶然，男人把女人的肚子搞大了。非正儿八经的夫妻，摊上这等破事儿，自然是上医院了。

和很多故事的版本一样，女人从手术台下来时，男人不见了，取而代之的是一个陌生的女人。还好，这女人不是男人的老婆，而是男人花钱雇来的月嫂。

女人气咻咻地掏出手机，一边哭一边质问男人："你还有没有人性？我就问你一句，你还有没有人性？公司再忙，也不短你这半天啊……"最后，女人彻底恼了，恶狠狠地骂道："混蛋，你去死吧！"

女人仰面瘫在座椅上，泣不成声。雇来的月嫂，柔声相劝，以一个过来人的身份。女人一个劲地摇头，虚弱地说："今年，我27岁，真的好想做妈妈，可是养不起，一个人养不起。你不知道，他一直在骗我。"

平心而论，男人还没有坏到家。男人确实有事脱不了身。早在两天前，女人告诉男人，和医生约好了今天下午做人流。男人就暗自叫苦不迭，但不敢说不。为了说服女人放弃这个孩子，他可是费了老大的劲，如果改动时间，女人一旦变卦就麻烦大了。

下午两点，男人笔直地站在手术室门口，一脸温柔。待女人被推进去后，他则一路小跑来到楼下，对中介推荐来的月嫂气喘吁吁地交代了几句，便风驰电掣，驾车狂奔到达市政府。还好，没有迟到。待他刚刚坐定，还来不及擦去满头大汗，招标会准时开始了。

招标会的主要内容是答辩专家评审组的咨询。所谓专家咨询，只是走个过场，男人幕后的老板，早把具有决策权的领导搞定了。但是，专家评审组对男人的表现很不满意。男人昔日神色自若、妙趣横生的优雅风度荡然无存。男人一身汗涔涔的，像个小学生一样结结巴巴，甚至答非所问。更要命的是，男人中途好几次停顿下来接听手机，这让一帮专家非常恼怒。

男人也是迫不得已，他不敢关机。他知道女人的性格，一旦关机，女人说不定会从医院的八楼直接跳下去。男人只能在众目睽睽之下，面对手机用最小的声音嘀咕道："我是公司真有事，你别生气，回去再解释好了。"说完，挂断手机，愣怔了几秒钟，一脸歉意地继续回答专家刚才的提问。还没等男人说上几句，手机又响了，尽管是静音，但嗡嗡的震动声在偌大的会议厅里不绝于耳。男人不得不掐断自己的话，侧过身，猫着腰，对着手机一脸愁容。如此反复了好几次，当听到女人在手机那端破口大骂"你混蛋，你去死吧"，男人心一横，真的关机了。男人非常懊悔，为什么不动员女人改个时间，或者不把手机带进会场。男人心里无比酸楚,甚至痛苦地想:报应,这是五年积累下来的报应。

接下来的过程,手机是关机了,但男人的表现还是不尽如人意,心不在焉,疲于应付。一帮专家面面相觑,深感不可思议——一个项目金额达 3000 万元的市政亮化工程招标会,竟然有人会视为儿戏。

招标会结束,虽然结果还未揭晓,但男人糟糕的表现,让幕后的老板勃然大怒。老板在电话里吼道:"混蛋,快到嘴的肥肉,竟然被你搞砸了!"

男人摸了摸脸,感觉火辣辣的。男人能够想象,如果此刻老板站在自己面前,一定会毫不迟疑地给自己两记耳光。男人支吾了半天,一咬牙,说:"对不起,我……我母亲病危,正在医院急救。"

老板停顿了一下,但依然严厉地说:"作为一个做大事的男人,一个上市公司的老总,这个可以当借口吗?你要知道,为这事儿,我光打点就花了 200 多万元。"

男人见对方口气有所缓和,便说:"一切还没结束,我们还是想办法补救吧。"显然,男人的口气有些轻描淡写,把对方激怒了。对方又提高了嗓门:"补救?补救个屁呀!"

"那怎么办?"

"你去死吧!"

很遗憾,一语成谶,男人真的死了。不过,男人的死有些偶然。他在回家的路上,驾车途经东部快速干线时,因车胎突然爆裂而失去控制,坠下高架桥,车毁人亡。

其实,那时男人的心情好了很多。女人小他十几岁,在同一个被窝里滚了五年,不求任何名分,挺不容易的。女人也不是刁蛮无理,否则怎么会答应做人流呢。想想也是,女人从手术台上下来,见不到他,那般孤独无靠的滋味,岂是一个弱女子能承受的?男人想到这些,心里顿时涌起一股柔柔的疼,觉得自己亏欠女人的实在是太多了。

男人同时也想,自己今天的表现确实过于荒唐,老板发发脾气,也是可以理解的。好在一切还没有到覆水难收的绝境,老板的背景那么深,绝对有挽救的余地。要不明天挨个去拜访一下专家评审组成员,私下做点工作,一切将会峰回路转。专家是专家,不是傻子,肯定明白这只是走走过场,最终还是上头说了算。男人发动车时,信心百倍,觉得胜券在握。他路过一家炖品店时,特意打包了一罐热乎乎的鸡汤,想给女人好好补一补。

但是,男人还是死了。男人的死,让两个人在内心深处长久地自责不已。一个是女人。女人回想平日里众多细节,觉得男人是千般万般的好,他肯定是分身无术,有难言之隐,否则真要抛弃自己,完全可以玩消失,而不会专门请来月嫂照顾自己。还有一个是幕后老板。跟了自己多年的兄弟,忠心耿耿,立下过汗马功劳,自己怎么可以为一点事出有因的过错就大发雷霆伤了感情?

男人的死,也让家人无比悲痛。尤其是其母亲,痛不欲生,一急之下心脏病复发,被医院的急救车拉走了。

老　贾

认识老贾，是在一个饭局上，他白白胖胖，递给俺一张名片。名片上罗列了一大堆社会职务和头衔，密密麻麻又金光闪闪，光环般炫目。

俺在心里拧衣服，拧了半天，干水后，发现只有两个头衔勉强算是精华——县作协主席和省作协会员。

饭局上，一桌人对老贾毕恭毕敬。老贾一脸的庄重，高度近视的眼镜背后，藏着一副挺享受的表情。

后来，俺和老贾成了好朋友。

成了好朋友后，聊天便口无遮拦，用我们之间相互吹捧的话来说，有深度才有撞击，有撞击才有快感。

老贾家里琳琅满目，到处悬挂着他和省里一些知名作家合影的巨幅照片。

俺忍住笑，有深度地对老贾说："你弄这些玩意儿有啥用？名人就是动物，和动物园的动物一样，谁都可以凑上去乐呵一下。"

老贾不好意思地挠了挠头。

俺开始撞击，戏谑道："省里的作家算个球！你啥时候整一张和真正的大作家合影的照片，那才叫牛！"

老贾的眼睛倏地一亮，问："现在作家里面谁最牛？"

俺低头寻思了半天，说："卡夫卡，现在到处都在谈论他，说他是现代派文学的鼻祖。"

老贾郑重地问："卡夫卡？哪个省的？"

"北京的吧，大作家都在京城呢。"

老贾看着窗外冉冉升起的旭日，如痴如醉地说："我们去北京！我要拍一张和卡夫卡合影的照片，做他的关门弟子，轰动全世界。"

这本是狐朋狗友之间的调侃，这家伙却认真了，硬拽上俺一起去了北京。奔波了一个多月，托了不少关系，我们终于见到了文学泰斗卡夫卡先生。

卡夫卡挺和蔼。

这过程，俺想大家都可以猜想得到，像电视里的新闻联播一样，无外乎是我们卡老前卡老后，卡了半天，献上一箩筐打了半宿腹稿的谄媚话。卡夫卡则满口谦虚，顺便关怀了一下我们敬爱的县作协主席老贾同志的文学创作情况。

当听说老贾在地区报纸发表了不少关于乡镇官场的故事和笑话段子，卡夫卡赞不绝口，把老贾激动得语无伦次。

俺对老贾使了个眼色。老贾立刻会意，直奔主题："卡老，耽误您这么长时间，挺过意不去的。要不我们一起出去放松放松，找个地方洗洗脚？"

卡夫卡爽朗地笑，说："放松是你们年轻人的事，正规洗脚倒是可以。"

半小时后，我们仨躺在一间沐足房里，享受乡下小姑娘摇身一变为技师的按摩手法。

热水舒服怡人，加上年事已高，卡夫卡很快睡着了，发出了不雅的鼾声。俺压着嗓子，把洗脚妹赶了出去，然后对老贾挤了挤眼睛。

老贾咧嘴一笑。他没有按我们事先计划的那样走过去，俯身在卡夫卡面前蹲下，细心地帮他洗脚；相反，这家伙坐在沙发上一动不动，像练气功一样酝酿了半天，手捏起左脚，"哎哟哎哟"，突然惨叫起来。

这驴般的叫声把俺吓了一大跳，也惊醒了卡夫卡。卡夫卡关切地问："怎么啦？"

老贾满头大汗，龇牙咧嘴，痛苦地说："脚，脚抽筋……哎哟！"

卡夫卡忙起身，走到老贾跟前，俯身蹲下，拿起老贾的左脚，轻轻地揉捏着，说："放轻松，不要怕，我早年行过医呢。"

俺掏出相机，在一旁不失时机地摁下了快门。

当俺写到这里时，正琢磨着如何结尾，妻子在旁边撇了撇嘴说道："胡编乱造，拿名人开涮。"

俺有些尴尬。

俺不由想起了现实生活里的老贾，今天是他一周年的忌日，俺想写点儿文字纪念他。

省作协会员、县作协主席老贾，某天灵光一现，卡夫卡再世，宣布准备写《变形鬼》《村堡》《审核》三部伟大的小说，沿着卡夫卡大师的足迹走下去，而且要超过他老人家，让其在九泉之下寝食难安。

这个想法很轰动。老贾拉了几家企业来赞助，请了一帮地区和省城的记者，轰轰烈烈地开了个动笔仪式。

庆祝晚宴上，有好事者问老贾："贾大主席，你能不能完成这三部小说？如果半途而废，那笑话就闹大了。"

老贾喝了不少，满嘴呼着酒气，大着舌头说："能，肯定能！我下决心要做的事情，就一定能完成。我今晚就动笔写第一部！"

掌声潮起。继续喝酒。

酒后，老贾打发走了一帮人，已是深夜。回家的途中，踉踉跄跄地路过护城河，他一头栽了下去，无声无息。

老贾还没来得及写一个字，就死了。

失　明

他出生时，先天性失明，非常不幸。

幸运的是，他出生在一户有钱的人家里。有钱人到处寻医问药，历经磨难，终于感动了上天。他五岁那年，双目重见光明。

和身上每一个器官一样，完好无缺时，你根本感觉不到它的存在，而一旦受损或者失去，方才明白它的珍贵。在很长时间里，一家人对他的眼睛依然是惊魂未定，小心翼翼地呵护着。天长日久下来，大家发现他已经和正常孩子无异，悬着的心总算落了下来，类似一幕大戏渐渐拉上帷幕，生活归于平静。而我们这个故事，于此，才算是真正开始。

故事要从他所佩戴的那副眼镜讲起。按照医生的说法，他的眼睛虽然治愈，但还很脆弱，为了保护视力，他必须终生佩戴一种抗各种有害光线辐射的特殊眼镜。这种眼镜,价值不菲。他父亲问,如果不戴,会怎么样?

医生严肃地说,那将前功尽弃,双目很快失明。

那就戴吧。

戴上眼镜的他,斯斯文文,看起来和一个爱读书的孩子那般惹人喜欢。但是,学校最早发现了这里面的诡异。

当时,老师正在总结期中考试。老师说:"这次考试成绩不错,我很满意。"老师说完,意外发现坐在前排的他在摇头。老师心里不悦,但没有理会,继续表扬道:"我知道,很多同学学习都很刻苦,老师当年也是这样,读起书来废寝忘食。"老师话音未落,发现他的头摇得更厉害了。老师很生气,叫他站起来解释一下到底是什么意思。他乖乖地站在那儿,一脸无辜地望着老师。

这样的次数多了,几个任课老师聚在一起合计了很久,同时经过反复测试,发现他身上具有一种神奇的特异功能:只要有人当面对他撒谎,他就会莫名其妙地摇头,谎言越大,摇得越厉害,他自己对此却浑然不觉。对,他就是一台人体测谎仪,而且比测谎仪更精准。测谎仪可以受人控制,化为己用,而他却是全自动的,没有任何征兆,只要你撒谎,他就摇头,根本不分场合。

本来,这可以成为一个秘密。遗憾的是,很快就传开了,人云亦云,越说越玄乎。时间一长,所有的老师都很怕他,讲起课来如临大敌,对每句话字斟句酌,战战兢兢,生怕他突然摇头。尽管他已经被安排坐在最后一排,但同学们一边听课,一边总忍不住频频回头去看他,根本无法集中精力。这样的课没法上了,不少学生转班或转学走了。最后学校迫于无奈,找个借口把他开除了。

不读就不读呗,他的父母不在乎。

他只好待在家里，无所事事。看电视吧，只看了两天，家里人就吓得把电视线拔了。天气预报、专家访谈、体育比赛、娱乐选秀、新闻播报、财经动态、股市行情，几乎每一档节目都让他摇头不止，再加上铺天盖地的广告，家里人真担心他会摇成傻子。

他的特异功能，倒是帮过他父亲一次大忙。那时，他父亲正和一家集团公司洽谈合作，洽谈了半年，所有的细节均已落实，启动资金也准备到位，就差一纸合约。临行前，他父亲考虑再三，带上了他。在签约现场，他用自己的招牌动作表示 NO。事后经查证，对方是一个彻头彻尾的诈骗团伙。

这件事的成功，无意中启发了他父亲。他父亲召集家人商量，准备把他包装开发成商业模式，向股市、彩票、刑侦和国际谈判等诸多领域进军。他父亲雄心壮志的蓝图还未描绘完，只见他的头摇得像拨浪鼓一样，他父亲只好乖乖地闭上了嘴。

真正引起周边人巨大的恐慌，是他表姐结婚那次——

年过半百的新郎，挽着年纪小得足可以做自己女儿的新娘，新娘拖曳着长长的婚纱，在数百位亲朋好友的祝福声中，款款步入婚姻礼堂。在婚礼仪式上，当主持人叨咕了一大堆后，严肃地问新郎，你愿意娶眼前这位小姐为妻吗？

新郎刚说完愿意，他突然毫无征兆地发作起来。众目睽睽之下，他的头摇得像脑袋里装了一台发动机一样，怎么也停不下来，同时眼镜在鼻梁上突突地抖，跳舞一般不知疲倦。

大家僵在原地，呆若木鸡。尽管这场婚姻的实质谁都心知肚明，但是当一个传说中有特异功能的孩子捅破这层窗户纸，仿若大庭广众之下被人抽了一记响亮的耳光，新郎新娘这场戏确实很难演下去了。

太可怕了。这件事后，所有人视他为怪物，心生恐惧，远远地躲着。家里人也不允许他随便外出，生怕一不小心闯下弥天大祸。即使这样，灾难依然随之而至，无法幸免。

半年后，他祖母去世，全家悲痛不已，举行了盛大的葬礼。追悼会上，他祖父郑重地从口袋里掏出几页祭文，泣不成声地念道：我心爱的妻子，我一生相濡以沫的伴侣……

基本上祖父每念一句，他就摇头晃脑一次，像音乐伴奏一样，从不间断。他作为直系亲属，站在最前面，所有人都不可避免地目睹了这滑稽的一幕。大家忍不住交头接耳，有人说老太婆是被这孩子的母亲虐待致死，也有人说他祖父长期在外面包养小三，还有人嘀咕他姐姐和老师勾搭成奸……最后，在满屋子的窃窃私语中，他祖父实在是没有颜面支撑下去，一跺脚，灰溜溜地走了。他父亲怒不可遏，当众扇了他两嘴巴子，力大无比，"哐"的一声，眼镜掉在地上摔了个稀烂。

让人意想不到的是，没戴眼镜的他，出现了两个明显的变化：一是他的视力下降得厉害；二是他不再摇头了。原来所谓的特异功能，是眼镜在作祟。面对他一天天下降的视力，无奈之下，他父亲带他再一次找到那个医生。

医生像听天书一样，目瞪口呆，他一时很难解释这种奇特的现象。他父亲一脸诚挚地对医生说："他老是闯祸，让我很为难，但是我又心疼他，怕他失明，重新回到黑暗的世界里，毕竟他是我的孩子，我的亲骨肉。"

他父亲话音刚落，他突然回到了从前，硕大的头颅又一次可怕地摇了起来，而且似乎止不住。因为在他的鼻梁上，刚刚架着一副医生新配的眼镜。

父亲气急败坏,几步冲到他面前,一把揪下那眼镜,狠狠地从窗口扔了出去。

人 鼠 之 间

可能是近两年忙于写作,他感觉身体被掏空了,整天咳得厉害,浑身无力。上医院吧。各种机器过了一遍,3000多块钱,换来医生的一句话。那个胖嘟嘟的医生递给他一大沓化验单,说,没啥大毛病,就是过于肥胖,血脂有些偏高,以后要少动嘴,多动腿,尽量多运动。

他觉得医生的话有道理。

回家进电梯时,他突然灵机一动,趔身退出电梯,推开了旁边的一扇门。这是城市中心临街的一栋高层建筑,他在里面居住了12年,每天电梯上下,这还是头一次走楼梯。然而,当他推开这扇紧闭的防火门时,居然愣在原地。作为消防通道,楼梯里面光线幽暗,人迹罕至,空气中飘浮着一股与世隔绝的霉腐味。

他犹豫了一会儿,还是硬着头皮迈出了第一步。阶梯上蒙着一层厚厚的积灰,每走一步,都像电影里面的特写镜头一样,灰尘四溅,呛得他直流眼泪。只上到4楼,他就有些顶不住了,满头是汗,腿肚子胀得厉害。他想起医生的话,咬着牙继续往上走,没走几步,脑海里便一片混沌,手脚不听使唤。他一手拽着扶手,一手撑着膝头,弓身下腰,汗如雨下。远远地望去,犹如一只爬行动物四肢着地。

好不容易爬到 12 楼了,他实在是坚持不住,一屁股坐在台阶上,呼呼地直喘粗气。四周,万物阒寂,只有他的喘气声,如蝙蝠一样在墙壁上撞来撞去,回弹起一片巨大的回音,轰隆隆的,宛如石头滚入山洞。他直起身,隔着扶手探头往楼下瞅,漩涡一般,深不见底。他又禁不住仰头朝顶上望去,头顶的楼梯一层层盘旋下来,连一丝天儿都望不到,仿佛置身于千年洞穴中。如果不是亲身经历,他简直难以想象,在繁华的都市中心,在仅离自己家一墙之隔的楼梯通道,会是如此荒凉,荒凉到犹如坟场。

歇足了,他扶着腰缓缓地站起来,准备继续往上爬。就在他转身一抬头的刹那间,他的前方——楼道拐角处,赫然出现一头庞然大物,通体黑色,四脚着地,头小嘴尖,状如野猪。他顿时惊呆了。这东西大腹便便,走路都困难,正步履蹒跚地一步步往下挪。当然,也是气喘吁吁。他和他几乎是同时看到对方,都不由吓了一大跳。

"你是谁?"他惊奇地问道。

"我是这栋楼 2803 的业主。"他如实回答。

他仔细瞅了他几眼,摇着头说:"不像。我记得小时候在乡下看见的人没有你这么胖,你不像人。"

关于自己是不是人,或者像不像人,他不想加以申辩。他只是好奇地问:"那你是谁?"

"我是老鼠呀。"

老鼠?他大吃一惊,说:"老鼠有你这么胖的吗?太夸张,太恐怖了!"

老鼠害羞地低着头,解释道:"自从进了城,就没有遇见过猫,过街也没人喊打,到处都是好吃的,每天吃饱了睡,睡饱了吃,能不胖吗?"

他不由倒吸了一口冷气,惊悸地看着老鼠,说:"像你这样胖,应该有高血压吧?"

老鼠神情沮丧,慢吞吞地说:"嗯,除了高血压,还有冠心病、糖尿病,消化功能也不太好。"

"肥胖综合征,唉!"

"别长吁短叹了,我现在每天都在加强锻炼,争取多活几年。"

"怎么个锻炼法?"

"这不是现成的吗,爬楼梯,每天来回两趟,我就不相信瘦不下来。"

他顿时感到尴尬,目光忧郁地看着楼梯上方的老鼠,仿佛看见了未来不远的自己。老鼠却笑了,说:"嗨!兄弟,你别傻站着,让让道,像我们这样相互添堵,谁都过不去。"

他看了看自己和老鼠的体积,又瞄了一眼楼道的空间,点了点头,说:"嗯,你说得有道理,我还是改坐电梯吧。"说着,他朝老鼠挥了挥手,转身向旁边 12 楼的消防门走去。

第二天,他在网上联系好了一家健身俱乐部,不远,3 公里多路,挺方便的。临出家门时,他有些不放心,用微信问:"你们那里空调怎么样?我怕热。"

对方回复道:"放心吧,中央空调,保证凉爽。"

从 28 楼的家里坐电梯下到 1 楼,预约好的滴滴打车正在街边等他。他拉开车门,很满意地坐了进去。

蚂蚁，蚂蚁

　　一只蚂蚁，从洞穴里爬出来，在暖融融的阳光下，四处溜达着。

　　突然，蚂蚁看到一只蝗虫的尸体，兴奋地大呼小叫起来。很快，蚁群源源不断地朝这里涌来，队伍蔚为壮观。

　　不远处的榕树下，一黑一白两只鸡正在觅食。蚁群庞大的队伍，吸引了白鸡的目光。白鸡顺藤摸瓜，发现了蝗虫这份美食，咯咯地叫个不停，迈着方步奔过去。黑鸡抖起翅膀梗着脖子，拦住了白鸡的去路。

　　你想独占？

　　是我先看到的，不能不讲理！

　　黑鸡一脸的霸道，怎么着，我就不讲理！

　　白鸡火了，朝黑鸡扑了过去。黑鸡白鸡，战成一团。

　　白婶听见鸡叫，忙跑了出来，把鸡驱赶开。白婶抱起自家的白鸡左看右看，发现脖子被啄破了，还带着血迹。白婶恼怒，攥着黑鸡要算账。黑鸡惊慌地围着树打转，咯咯地乱叫。

　　黑鸡的叫声，唤来了主人黑婶。黑婶见白婶在攥自家的鸡，讥笑道："哟，连鸡都要欺负？"

　　两家素来不和。白婶口里也没有好话，"欺负了，怎么啦？"

　　这不是明显在挑衅吗？黑婶一听火冒三丈，冲了过去，揪住白婶的头发，"来！有种你欺负看看！"

两个女人扭打在一起。

黑婶瘦小。输了。黑婶呜呜地哭，去萍湖煤矿找女儿女婿搬救兵。

女婿黑牛在私人小煤窑挖煤，只有女儿黑妹在家。

黑妹心疼老娘，见她青一块紫一块的满身是伤，便大骂白婶断子绝孙、偷人养汉。骂累了，她领着黑婶去医院看伤。钱，当然是黑妹出的。

黑牛下班后，听说丈母娘被邻居打了，勃然大怒，扬言道："老子迟早有一天要杀了白婶全家！"

两个女人见男人喊杀喊打，心里顿时惊恐，忙找些大事化小小事化了的好话宽慰黑牛。

"这几天矿里忙，脱不开身，过一阵再说。妈，你先住下，过几天我去找她算账。我饶不了这个老妖精！"黑牛说完，依然是咬牙切齿。

夫妻睡前，黑牛听黑妹说看伤花了 100 多块钱，不由得埋怨老婆："就你喜欢揽事。"

"那是我妈呢，不是外人！"

"怎么不是外人？她为什么不去县城找你哥，偏来找我们？相对你哥，我们还是'里面人'？"

黑妹一听气了，又找不出什么话来反驳。黑妹噘着嘴不理他，拿出女人的绝活儿——面朝墙，背靠郎。

今晚，夫妻本来打算亲热的。"饿"了好几天的黑牛，把手搭过来，想搂住老婆哄几句。黑妹气呼呼地把他的手甩开。黑牛接着死皮赖脸，黑妹又把他的手甩开。黑牛再搭，黑妹再甩……黑牛气了，也甩个背影给老婆。

两人干憋着，谁也不理谁。

天亮了，黑牛黑着脸，早饭也不吃，上班去了。

黑牛神情恍惚，随便套了件工作服，戴上矿灯，和一帮工友坐进吊桶，一声不吭地下到离地面500米的井下。

挖煤是个苦活儿，好在大家天性乐观，黄段子一筐一筐。大家一边干活儿，一边起哄，让老歪接着昨天讲他在秋二娘床上的故事。故事是真是假，大家不管，关键是得出彩。

老歪眉飞色舞地讲。一帮汉子听得如痴如醉，甚至忘了手里的活儿。

老歪天生是个优秀的故事家，他火辣辣的现场直播，撩得黑牛欲火焚身。黑牛想起昨晚的事儿，心里暗骂老婆："老子在地下累死累活地养着你，不就是指望到了地面上你能安慰老子吗……"

黑牛心里愤怒地骂着，不由自主地摸了根烟叼在嘴上，掏出了打火机。还没等工友发现，"啪"的一声，打火机蹿出火苗，随之一声巨响炸开，大地战栗。

瓦斯爆炸！特大矿难！117条人命！

——那只蚂蚁不知道这些，依旧从洞穴里爬出来，暖融融的阳光，舒坦地晒着它的细胳膊细腿。

故事里的事

有一天,朋友乔迁新居,他去帮忙。他穿得比较破,因为干的是粗活儿重活儿,回来时灰头土脸,衣服上满是污渍。

他站在街边,向过往的出租车频频招手。每一辆车打他面前经过,先是减速,但当司机探出车窗瞥了他一眼后,都赶紧一踩油门跑了。他像个稻草人一样站了很久,最后耐不住,上了公交车。

我现在要讲的这个故事,就是发生在公交车上。故事完全属于杜撰,你非要对号入座,我也没办法。为了方便讲述,我还是继续用"他"作为主人公——

他上车没多久,一个胖胖的女售票员瞟了他几眼,急呼呼地嚷道:"买票,买票,上车的同志请买票。"说实话,他真没有听见,扛了一天的沙发冰箱,累得七倒八歪,眼冒金星。售票员喊了两遍,见他没反应,气咻咻地走到他跟前,提醒道:"说你呢,耳朵聋了?"他迷迷糊糊地站起来,问胖女售票员:"你找我?"胖女售票员说:"瞧瞧,第一次进城吧?买票啦。"他恍然大悟,掏出钱来,嘴里忙不迭地道歉。乘客们一脸鄙夷。

车上人不多,刚好满座。到了下一站,上来一个更胖的老太太。老太太逡巡了一番,径直走到他身边,用手指捅了捅他的胳膊,示意他让开。如果搁在平时,他真没有异议,但今天他确实太累了,还有好几站路呢。他环视了一圈车内,到处是活蹦乱跳的年轻人，但他还是站了起来。老太太毫不客气地坐下，连一声谢谢都没有，仿佛这座位天生就是她的。

下车后，他心情很不好，在离家不远的路上，一不小心碰到了一个人。还没等他开口道歉，对方已经气势汹汹地吼道："瞎了你的狗眼！"紧接着，对方撸起袖子要揍他。他连话都不敢说，赶紧溜了。

很显然，因为他今天穿得不太体面，从售票员到乘客再到路人，都把他当农民工或者社会闲杂人员看待。这身穿着，走路应该像贼一样，贴着墙根猫着腰屏声敛息，坐车应该低眉顺眼，心怀感恩地给每一个人主动让座。在大家眼里，这个城市本来就不属于他。他回到家，越想越窝火，越想越生气。

故事就此打住，好像不能算是一篇小说，充其量只是揭示了一个人人皆知的社会现象。所以，我还得杜撰下去——

第二天，他弄了一辆三轮车，带着一个蜂窝煤炉子，出去卖包子。他专门蹲在他昨天下车的地方。他的早点，只卖给那条公交线路的乘客，还有走路趾高气扬的城里人。蹲了三天，那个胖女售票员像鱼一样向他游过来了。他抑制住内心的狂喜，用便宜到让人匪夷所思的价钱，卖给她一大兜包子。望着胖女售票员远去的背影，他得意地笑了。他在每一个包子里，都吐了一口浓痰。

事情当然不是这样的。我这样瞎编故事，很不道德，有拿农民工开涮之嫌。他连帮人家搬一次家都累得不成人形，天生富贵命，怎么可能会去卖包子？

但是，他确实憋着一口气。他是个城里人，尽管不是特别有钱，但有一份体面的工作，生活得有滋有味。第二天，他精心打扮了一下自己，西装革履，金边眼镜，手里夹着一个昂贵的皮包，还喷了进口的香水。他特意去坐那趟公交车。坐了三个来回,终于遇到了那个胖女售票员。让他失落的是,胖女售票员根本没有认出他来,只是脸上堆着笑,提醒别人给他让座。几个人立马站了起来,瞬间,他成了老弱病残孕。他感觉特没劲,赶紧下车溜了。下车后,他才意识到自己刚才忘了买票呢。

事情当然也不是这样的,我还是在瞎编故事,他应该不会这么无聊的。当然,为了鞭笞所谓的人性,我还可以继续编下去,编得更有趣些。比如他下车后,心情低落,一不小心碰到一个壮汉,甚至就是昨天所碰到的那个人,还没等他开口,对方就开始道歉了。他嘴里骂骂咧咧,扬手要打人,对方吓得脸色煞白。

这样小儿科的重复回环,你不觉得很不真实吗?其实,我貌似还有一个结尾——

他作为一个集团公司的老总,在这件事上深受启发,遂召集各个部门开会,商讨如何善待农民工。有人认为当务之急是改善就业环境,大幅度提高薪资。有人提出建几栋廉租楼,让他们有一个家,少一些漂泊感。还有人建议盖一所学校,孩子的教育问题解决了,他们的心就安稳了。他一一点头同意,立马拍板划拨资金,安排专人负责去落实。

讲到这里,你肯定要质问,一个集团公司的老总,日理万机,怎么可能去帮人家搬家,然后站在马路上打的或者挤公交车呢。唉,我说过,这个故事一开始就是杜撰的,是假的,为什么不能一路假到底,让生活充满一些阳光呢?

事实上,他就是一普通市民,心里愤愤不平地回到家,洗了个热水澡,换上干净衣服,心情又好了。以后,每次见到外来农民工,他有时也会乜斜着眼,抱着戒备的心理躲得远远的。这是事实,你真不能说我在杜撰。

与马原论疯子

一切都和一个叫马原的家伙有关。

马原是个写小说的,著书立说,偶尔会在报纸上混几个小钱买酒喝。一天,马原在晚报副刊上发表了一篇文章,里面引了一个故事。

一个疯子以要饭为生,常有人围观他。一个围观的人满怀幽默地说:"疯子,你行个礼,我给你 1 块钱。"

疯子想也不想回答一句:"我再行个礼,你还给我 1 块钱吗?"

就这么一句貌似绕口令的傻话,马原下笔万言,从古代礼仪到西方哲学,谈古论今,剖析出五个层次,最后还溯源到中国哲学和禅宗的精髓。一言概之,这是为疯子写的一封表扬信,或一首赞美诗。

一个有钱人读了此文很不高兴,心里愤愤不平地骂道:"从牛粪里分析出茅台酒的酱香,这不扯淡吗?现实生活中,怎么会有这种机智幽默的疯子?疯子有这等深沉,就不是疯子了,更不可能去要饭,去大学里教书都是大炮打蚊子。牛粪永远是牛粪,再香也不可能是茅台酒飘的那个味儿。"

有钱人骂完,觉得不解气,随手给马原发了个邮件,陈述了自己的质疑。有钱人当时很无聊,洋洋洒洒千言,最后还反问马原:

"对疯子的一句屁话大力褒扬,难道你也疯了吗?"

很快,马原回复:"你说呢?"

有钱人更不高兴了,心想:"老子给你写了1000多个字,你才回复了一句话,连标点符号加一块儿才4个字,你不就是一破作家,有什么了不起的?"马原的矜持,激怒了有钱人。有钱人决定去现实生活中寻找证据,以此证明马原的荒唐。有钱人平日没什么事儿干,的确很无聊。

有钱人兜里揣了一捆钱,开着车出去寻要饭的。有钱人较真了。

在十字路口等红灯时,一个老头儿,衣衫褴褛,挨个儿在讨钱。有钱人摇下车窗,热情地招呼老头儿:"疯子,你行个礼,我给你1块钱。"

老头儿看着有钱人,目瞪口呆,一会儿缓过神来,弃下手里的盘子,拔腿逃之夭夭。有钱人微微一笑,自言自语道:"马原同志,你说呢?"

有钱人把车停在商场门口,刚下车,就有老婆子上前来讨钱。老婆子一手拄根竹竿,一手端着个龇牙咧嘴的铁盘子,几枚硬币在里面咣当作响。有钱人笑呵呵地说:"疯子,你行个礼,我给你1块钱。"

老婆子一怔,扭头便走,一边走,一边不时偷眼瞅有钱人。有钱人微微一笑,自言自语道:"马大作家,你说呢?"

有钱人经过地铁隧道,看见一个卖唱的小姑娘。小姑娘盘腿坐在地上,弹着吉他,看着眼前的人来人往,歌声悲切。小姑娘脚前搁置了一个打开的吉他盒,里面有一些零散的纸钞和硬币。有钱人蹲下身,和蔼地对小姑娘说:"疯子,你行个礼,我给你1

块钱。"

小姑娘手里的吉他停了，剜了一眼有钱人，继续弹唱起来。有钱人怕她没听清楚，又重复了一遍。小姑娘毫不理会，闭上眼睛，一脸厌恶的表情。有钱人微微一笑，自言自语道："马疯子，你说呢？"

读过马原这首"疯子赞美诗"的人，除了这个有钱人不高兴外，还有一个疯子也很生气。

疯子跳起脚来骂道："这个书生，胡编乱造。世界如此冷漠，生活如此难熬，怎么会有这么仁慈的上帝？"

疯子骂完，也像有钱人一样给马原发了个邮件，也反问马原："你本身就是一个疯子，对吧？"

很快，马原也回复："你说呢？"

疯子更生气了，换了一身破烂衣衫，往脸上抹了些灶灰，端着一个破碗出门了。疯子的家境其实挺不错，完全不用去要饭。疯子也较真了。

疯子每遇到一个人，都是一脸虔诚地问道："我给你行个礼，你给我1块钱，好吗？"

一个少妇闻言，花容失色，疾步离开。

一个胳膊上文了青龙的壮汉皱了皱眉，呵斥："欠揍是吧？滚！"

一个正在跳街舞的90后听了，对疯子一鞠躬，嬉皮笑脸地说："还是我给你行个礼，你给我1块钱好了。"反而把疯子吓坏了。

疯子一边不知疲倦地询问路人，一边在心里有一下没一下地骂马原："马屁精……马蜂窝……马疯子！"

就像天宇间的两颗流星,只要是相向而行,无论距离多远,都有会师的那一天。城市不大,因为干着同一件事儿,三天后,有钱人和疯子在市民广场相遇了。

相遇时,疯子坐在喷泉池边,神情沮丧。他手里的破碗,空空如也。疯子听见有钱人问他:"疯子,你行个礼,我给你1块钱。"

疯子啪地站了起来,激动地抢答:"我再行个礼,你还给我1块钱吗?"

有钱人和疯子禁不住同时心花怒放,暗叹:"哎,原来世界上真有这么回事啊!马原啊马原,你这家伙太伟大了!"

有钱人抑制住内心的狂喜,掏出一张100块的,握着疯子的手说:"疯子,你行100个礼,我给你100块钱。"

疯子想也不想回答一句:"我再行100个礼,你还给我100块钱吗?"

有钱人很爽快地答应:"你再行100个礼,我再给你100块钱。"有钱人洋洋得意地想:"马原,老子才不是你笔下的那种笨人。我这是以逸待劳,疯子行100个礼,我才问一句话,爽!"

疯子接过100块钱,鸡啄米一样对有钱人深鞠躬,还扯着嗓门吼数:"1,2,3,4……"疯子两眼冒光,兴奋异常,声音如春雷一般在广场上空飘荡。

围观的人越聚越多,直至人山人海。大家不明白是怎么回事,一边瞧新鲜儿,一边相互打听:"他们怎么啦?"

"不知道,你说呢?"

"俩疯子呗!"

我的富人生活

我是一个富人。

一天,我问老婆:"像我们家这样,一天需要多少钱开销?"老婆坐在梳妆台前描眉,听见我的话,把眉笔一摔,说:"啥意思,嫌我花钱多呀?"

我说:"靠,我会缺你那几个钱? 昨晚,我做了一个梦,梦见一个乞丐问我,说买一天我这样的生活,需要多少钱?"

老婆乐了,扔给我一个计算器,说:"你自个儿算吧,慢慢算,算清楚点。"说完,丢下我,提个坤包出门打麻将去了。我愣了一下,摁着计算器,算开了——

我家别墅位于郊区,离一个养猪场不远,413.6 平方米 780 万元,加上银行按揭的利息,总共需要支出 1040 万元。等到开发商交付给我时,还剩下 65 年的使用期,折算每年是 16 万元,每天是 438 元。这是典型的毛坯房,混凝土楼板,水泥轻质砖墙壁,烂泥塘一样的花园,让我花了 215 万元进行装修。全屋进口豪华家具家电,屋里屋外金碧辉煌,好几次把远道而来的老乡镇得不敢进门。我又在花园里栽几棵树,种些花草,挖个小池塘养鲫鱼。我从小就爱吃鲫鱼。装修这块,按照 10 年的使用寿命,折成每年是 21.5 万元,每天是 589 元。水电费、物业管理费加一起,一个月 5200 元,一天 173 元。如此,住方面每天需要 1200 元。

算到这里，很想插一句，我不是电影里一掷千金的富翁，更不是福布斯排行榜上富可敌国的富豪，我只是个现实中的富人，比普通老百姓多几个钱而已。按照《资本论》的划分，我应该是无产阶级的老板，中产阶级的大哥，资产阶级的小弟。

我出生于农村最底层，注重勤俭持家。我家的保姆习惯很不好，每次上完厕所都要冲马桶。我骂她："水金贵呢，你独立一个洗手间，冲什么冲，一天冲一次就够了，不要每次都'匆匆来，冲冲走'，搞得跟领导似的。"

我每天要烧掉两包万宝路，一包红双喜，半包软中华，一天62元。万宝路是自个儿抽，我只好这口，劲儿大，痰少，是爷们抽的烟。广东这地方有个习俗，不以烟论贫富，8块钱一包的红双喜大行其道，我身上也不能缺，毕竟每天亲民的时间占多数。上门求领导办事或者路上遇到老乡，我递给他们的是软中华。这样会不会乱？不会。左裤袋万宝路，右裤袋红双喜，上衣口袋搁的是软中华。这个良好的习惯，我保持了多年。

穿着方面，我只买名牌。账是这样算的，比如一双耐克运动鞋，800块钱，穿半年淘汰，那么一天的开支是4.4元。如此这般，我每天人模狗样，需要68元。算到这里，我想起了一个可乐的事儿，有人笑话我脖子上的金项链太粗，像拴狗用的。我听后，心里乐开了花，最起码大家还高看我像条狗，而绝大部分人，连狗都不如呢。

我的座驾是奔驰S350，包牌价153万元，加上10万块钱带尾数888的车牌号码，一共是163万元。参照市场行情，每使用一年，就得掉价9万元，等于每天的租用费是247元。加油、维修保养、保险、过路过桥等费用，一年大约是17万元，一天466元。

衣行方面，每天计 781 元。

市场经济，商品社会。养儿育女，是为自己的未来买单，赡养父母则是还债，还养育自己欠下的债。这和信用卡是一个道理，左手提前透支，右手事后还钱。我算了半天，养两个小孩每年需要 8 万元，远在乡下的父母，每年需要 6000 元。

为过去的生和未来的死，每天支出 236 元。

现在，该说说我老婆了。我现在这个老婆，是在夜总会认识的。千万别误会，她不是风尘女子，我一个富人，怎么能干那种事。现如今，富豪包养明星，穷人街边嫖娼，我这个站在中间的富人，缺什么补什么，只喜欢知识。她比我小 18 岁，很有知识，研究生毕业后在夜总会做公关部经理，清纯可人，我一眼就瞄上了。知识的力量是无穷的。我全身充满着无穷的力量，追了她两年，花了 80 万元，终于和她手牵手走进了婚姻的殿堂。爱情的浪漫，是需要金钱来支撑的——这是她写在日记里的一句感悟。

对了，还有个账必须算在她头上，就是和我前妻离婚，花了我 2.08 万元。2 万元是青春损失赔偿费，800 元是律师见证费。

按照正常人 50 年的婚姻来算，使用她每年的费用是 16416 元，加上她一个月的零花钱 1 万元，综合起来，她每天的批发价是 378 元。

我每个月会准时打高尔夫球一次，夜总会 K 歌两次，桑拿沐足三次，每个季度去港澳旅行扫货一次，每年上音乐厅听意大利歌剧一次……这些七七八八的娱乐休闲费用，一年下来，需要 15 万元，日均 411 元。

还有一笔费用，就是名誉费。住别墅开奔驰，在老家的地面上，我算是个不需要打肿脸来充的胖子，经常得意思一下，捐点钱做点慈善公益事业，留个好名声。就拿去年来说，请村干部吃饭娱乐两次，计16500元，村里修路捐款1888元，重建小学2888元，修庙38888元，菩萨开光108888元，共计169052元，日均463元。

修路建小学为什么捐那么少？原因很简单，道路和小学建得再好，也和我无关，反正我每年回不了几趟老家，孩子更不可能在那里上学。我不傻呢。修庙捐多点，是合情合理的，我今天之所以成了一个富人，就是靠神佛保佑的。对神佛，得怀一颗感恩的心。至于菩萨开光捐的108888元，现在想起来，我还有些心疼，像割身上的肉一样舍不得。都怪那个吴胖子。吴胖子在外面包了几个工地，有了几个钱，就不把我放在眼里，到处造谣说我住别墅还按揭，是个空架子。我怀疑他连别墅是啥样都没见过，还好意思说我按揭呢，可笑！

菩萨开光那天，声势浩大，需要去周边十里八村游行，谁打头阵第一个扛菩萨，是通过投标来确定的。几轮下来，那个死胖子和我较上了劲，当他报出58888元时，整个祠堂一片欢呼，转而又鸦雀无声，大家目不转睛地看着我。我微微一笑，在心里狠狠地跺了一下脚，报出了一个让所有人目瞪口呆的天价。我说："我加5万，108888元。"所有人里面也包括吴胖子。吴胖子眼皮耷拉着，猫着腰蹭到我跟前，双手递给我一支烟，毕恭毕敬地叫了一声："大哥！"

我说："别说是加5万，就是加100万，我今天也得把那头标抢下来。人活着图啥？图一口气，图别人烧炷香。"

至此，算完了。

总结一下：梦里面的那个乞丐，如果想买一天我这样的生活，需要 1200（住）+400（日常生活开支）+20（保姆工资）+62（烟）+781（衣行）+236（为生和死买单）+378（老婆批发价）+411（娱乐休闲）+463（名誉费）=3951 元。

疯狂的猪耳朵

女人的死，和一只猪耳朵有关。

我想我应该客观地叙述这个事件的始末缘由，尤其是这只肇事的猪耳朵。那是一个岁末寒冬的深夜，屋外飘着漫天的鹅毛大雪，一只猪耳朵不知被谁戳了个洞，用几根稻草拴着，挂在女人家不锈钢防盗门的把手上。猪耳朵像是活生生地从某头可怜的猪身上剜来的，上面猪毛杂陈，耳孔里有脏兮兮的污垢，下面还缀着一大块沾带血污的槽头肉。猪耳朵悬挂在镜子一样寒光闪闪的不锈钢门上，成了一个巨大的惊叹号。

这是城市中央一个小区的某栋高层楼宇，一层一户，都是大富人家，平日里靠坐电梯进进出出，谁也不认识谁。这只猪耳朵，谁挂的，挂了多久，没人知道。女人一大早就出门了，回来时，已是凌晨 3 点。她满嘴喷着酒气，脖子紧缩在貂皮大衣里，踩着咔嚓咔嚓的积雪，两腿陀螺般踉踉跄跄，向一辆豪华小车挥手道别。一进电梯，女人拍了拍身上的雪花，对着仪容镜里的自己扑哧一笑，心里暗骂，一顿火锅，就想上床？呸，男人都这德性。一出电梯，楼道的感应灯霎时亮了，女人一手在坤包里掏出钥匙，一手习惯性地去抓门把手。她脸上轻蔑的笑容顿时凝固了,望着手中所抓住的黏糊糊的猪耳朵,她惊恐地瞪圆眼睛,凄厉地尖叫起来。女人的尖叫声,除了在空荡荡的楼道里留下几声巨大的回音外,四周连一点反应都没有。她可能忘了自己前几天和别人的调侃,她说如今这城市,要想叫大伙出来,只有一招儿,那就是喊——着火啦!女人当然不会喊着火。女人把猪耳朵提进了家,顺手把里外两扇门反锁上,还扣上了防盗链。女人把家里所有的灯打开,细心地检查了一遍,关上了所有的门窗,拉上了所有的窗帘。

屋外,雪依然簌簌地下着。女人拥着被子,斜靠在床头,黑暗里,望着天花板胡思乱想——

这猪耳朵是谁送的?谁这么缺德?恶作剧?还是想威胁我?这段时间,得罪谁了?张三?李四?王五?好像都不至于,再说了,他们不可能知道我的住处。为什么要送猪耳朵?如果是想真正吓唬我,可以送血淋淋的猪心、一触就怪叫的骷髅玩具,或者活蹦乱跳的蛇呀青蛙呀。对了,这季节蛇和青蛙在冬眠。为什么是猪耳朵?猪耳朵代表什么?秘密。对了,是不是我和刘总的那事儿败露了?还是老陈的那笔回扣?稻草,对了,稻草是哪里来的?现在买猪肉都用塑料袋,怎么会有稻草?不会是和乡下那孩子有关吧?不对,不可能。前夫干的?前夫都出国好几年了……

卧室的灯,开开关关。开着,刺眼;关了,害怕。女人找来烟,点上,焦躁地抽着。大半盒烟没了,窗外的天色已经隐隐发白,她还是没能理出个头绪来。一夜之间,女人老了许多。

天亮后,女人迷迷糊糊地睡着了,梦里全是猪耳朵,洪水一般撵着自己跑,跑到了悬崖边,无路可逃。望着身后密密麻麻的狰笑的猪耳朵,女人大叫一声,从噩梦中醒来,大口喘着气,虚汗淋漓。

女人翻阅手机里的电话簿,想找个人倾诉或者求教一下。客户、同事、朋友、性伴侣、同学、老乡、亲戚、前夫,好像都不合适。女人叹了口气,把手机关了。和很多人一样,手机关机,就等于她在这个世界上暂时消失了。

女人把自己关在了家里。困了,她倒头睡去,在梦里和一大堆猪耳朵赛跑,然后惊醒,惊醒后拼命地想猪耳朵的来历和含义,最后不停地去检查家里所有的房间和门窗。折腾累了,又去睡,开始新的一轮循环。

三天后的中午,阳光出来了,街上的积雪开始融化。女人想出去走走。女人穿得像只狗熊,蓬头垢面,神情恍惚,打开门,半个身子缩在屋里,做贼一样朝楼道四处瞅了瞅,再神经质般扭转头看外面的门把手——门把手上又挂着一只猪耳朵,一模一样的。女人尖叫一声,倒了下去。

我说过,我想客观地叙述这个事件。我之所以说是事件,不是故事,是因为我只想忠实地记录,而不是胡编乱造。当然,我可以增添欧·亨利式的结尾,进行自圆其说。比如某人好猪耳朵这口,有乡下亲戚好意相赠,结果送错了楼层;比如女人无意间得罪了小区的保安,保安睚眦必报;比如女人抢了别人的老公,人家老婆前来复仇等等。甚至,我还可以添加一些魔幻色彩,讲述一个前世今生人与猪的爱情神话故事。但我必须老老实实地承认,我也不知道那只猪耳朵是谁送来的,为什么要送猪耳朵。现实生活就是这样,很多事件背后的真相,是为我们所不知的,我们所看到的,往往只是一个结果。

现在,我来讲述这个事件的结果:女人因为惊吓过度,晕倒在自家门前。一个小时后,被打扫楼道卫生的阿姨发现,叫来救护车送进医院抢救。女人生命倒无大碍,身体康复了,人却疯了,转入精神病医院治疗了一段时间,病情得到了控制。

女人死的时候,是一个春天的黄昏。血红的残阳,水彩画一样燃烧着这个城市的上空。女人坐在街边的树下,拍着巴掌,口里念念有词,一脸兴高采烈的样子。一个男人牵着一个孩子打她跟前经过,不知为什么,孩子突然扭着身子向男人撒娇:"我不吃猪耳朵嘛! 我就不吃嘛!"

女人闻听"猪耳朵"三个字,大惊失色,像一匹受惊的烈马,起身跨过护栏,蹿向街头,瞬间消失在滚滚车流里。

那个吓得脸色煞白的司机,望着倒在血泊里的女人,惊魂未定地拿起手机报警。其他车辆依然熙熙攘攘,偶尔有司机经过时,放慢了速度,透过车窗对外瞟上一眼,又抬脚深踩油门,重新穿梭在车水马龙里。

孩子停止了撒娇,指着血泊里的女人,惊讶地说:"哇,她跨栏的速度超过刘翔耶!"

那男人一只手拽着孩子,一只手抬起来看了看表,不耐烦地说:"快点走,我们没时间了。"

守　望

　　江老太太咽气时，天色已经暗了。一盏昏暗的油灯下，满屋子悲恸的号啕声，随着穿堂而过的寒风，在城东江家大院上空飘来荡去。几只乌鸦从夜色里飞出，低低盘旋了一番，最后栖落在门前光秃秃的树上，唤出几声凄厉的啼叫。

　　江家大少爷止住眼泪，提着灯笼，来寻孙魁。孙魁住城西，乃方圆数百里有名的碑刻高手。两家隔着一座城。

　　孙魁见大少爷来访，往灯碗里续了些豆油，挑灯芯的手有些抖，抖了一阵，屋子里霎时亮堂。大少爷从怀里取出一卷条幅，徐徐展开，"江母孙氏月蔓之墓"，行笔遒劲，苍凉如月。孙魁神色哗变，惊问："走了？"

　　大少爷郑重地点了点头。

　　孙魁如一只受伤的青蛙，腮帮子向两边膨胀，一咧嘴，哇地放声痛哭。这哭声感染了大少爷，止不住也跟着抽抽噎噎。哭了半天，大少爷看着素无往来的孙魁心生纳闷，只得反过来好言劝慰他节哀。

　　孙魁抹干眼泪，默默地注视着大少爷。许久，孙魁欣慰地说："令堂温婉娴雅，西去路上，有于右任先生的手书相伴，也算是一大福佑。"

　　大少爷由衷地赞道："您老好眼力，此乃家父早年向于先生讨取的。于先生还说让其手迹在碑石上存活者，天下无几人，首推您老也。"

孙魁凄然一笑。

大少爷毕恭毕敬地说："故晚辈备下重金，恳请您老亲自执刀。"

孙魁石头一样沉默，背手伫立窗前，遥望城东，神情悲戚。那盏油灯在寒风里摇曳，火焰忽东忽西，明灭不定。

良久，孙魁转过身，缓缓道："老朽终生未娶，乃孤苦之人，要重金有何用处？若请老朽镌刻此碑，你须应诺一件事——在令堂坟茔对面的山坡处，为老朽置一坟地，死后烦劳草葬。"

大少爷面呈难色，说："容晚辈回去禀告家父，明日回您话。"

大少爷出门不远，孙魁家的灯就灭了，一声叹息在屋里响起："她走了，我也没活头了。"那叹息，重重地，似地穴里轰鸣而出，在黑夜深处滚来滚去。

翌日，大少爷登门回话："家父答应照办。"

孙魁诚惶诚恐，对大少爷深鞠一躬，说："请转告令尊，孙魁感激不尽。你五日后来取。"

五日后，大少爷再次登门，发现孙魁形销骨立，发白如雪，溘然长逝。

院中躺有两块巨大的碑石，四尺高，一尺半宽，半尺厚，上等的龙虎山螺纹石料。

一碑勒石而刻"江母孙氏月蔓之墓"八个大字，笔走龙蛇，字字皆活，刀法精、准、深、透、匀，不死板，不逾矩，极富神韵，如同于先生墨宝未干的一张宣纸，而非一块冰冷沉默的碑石。

另一碑，空无一字。

江家人没有食言,操办完江老太太的丧事后,开始厚葬孙魁。

江老先生让大少爷披麻戴孝,形如孝子。大少爷不从。江老先生抬起手,"啪"的一声,一记耳光甩了过去,怒气冲冲。大少爷捂着火辣辣的脸,不敢违命。

入土时,旁人提议请工匠在孙魁的碑石上刻字,以资旌表。江老先生连忙摆手,说:"知孙魁者,老朽也。天下之大,无人敢于孙魁的碑上刻字。无字碑,是他最高的荣誉。"

两年后,江老先生也走了,葬在江老太太旁。

隔着一条山谷,三座坟墓郁郁苍苍,遥遥相望。

寡 人

父亲娶母亲时,母亲不太乐意。媒婆在一旁劝导:"他就孤家寡人一个,一人吃饱全家不饿,负担轻呢。"父亲也在一旁接话道:"你嫁给寡人,就不是一般人了。"该事在全村传为笑谈,"寡人"一词从此落地生根,成了父亲的绰号。父亲似乎毫不在乎,张口闭口也是"寡人"如何如何,以此取代"我"。

父亲没有撒谎,他确实不是一般人。偌大的夏阳村,数百人之众,很长时间里只有他这个孤儿勉强念过初中,算是半个文化人。随着后辈读书人越来越多,再加上电视里宫廷剧的流行,有好事者曾经找父亲理论,一副"文革"时的口吻:"你自称寡人,什么意思,想做皇帝?"

父亲大度地笑道："全村人叫寡人都叫了三十多年，你以为寡人愿意啊，打小爹死娘亡，全家光光。你喜欢，拿去用好了！"对方立马避瘟神一样逃之夭夭，一边逃，一边说："还是你用好，还是你用好。"

父亲常年奔波在外，忙碌他的生意，不愿待在家里老老实实耕田种地。多年来，他和全村人都是若即若离，也不在外交朋结友。父亲所谓的生意，无非是走村串户，鸡毛换糖，和收破烂没什么区别。但他不是这样认为的。他每次出去，衣着体面整洁，中山装上衣的口袋里，常年别着一支钢笔。

有一年除夕，父亲照例是踩着团圆的爆竹声走进家门，照例带回了一家人过年的年货，还有我们兄弟姊妹四个人的新年礼物。那次，父亲特别高兴，喝了几杯谷烧酒，满脸红光。他抹了抹嘴，从包里掏出一个小匣子。匣子是木头做的，上面雕龙画凤，极为精致。他打开匣子，从里面捧出一枚鸡蛋大小通身碧绿的印章，诡秘地说："这个啊，古董，是武则天赐给太平公主订婚用的。"我们那时年龄尚小，不知道谁是武则天，也不知道订婚是怎么回事，但隐隐约约感觉这次家里发大财了。

父亲招了招手，让我们俯首过去，像地下党开会一样，咬着我们的耳朵说："其实呀，这个是赝品，假的。"

我们兄弟姊妹四个吓得直哆嗦。母亲紧张地问："你怎么知道是假的？"

"嗤，就这货色也能骗得了寡人？寡人是干什么的？你们看看这上面的字——生日快乐——洋人流行的玩意儿，怎么可能出现在唐朝的印章上？"

我们一群孩子脑袋挤脑袋，凑在昏暗的煤油灯下，仔细传阅这所谓的宝物,瞅了半天,上面的字都像鬼画符一样,一个也不认识。四个脑袋不由得依次抬了起来,敬佩地望着父亲。

接着,父亲讲述了他收购这枚印章的过程。他说是在湖南的一个古镇上,一户人家经济拮据,刚好遇到他去鸡毛换糖,就把他拉到里屋,问他要不要,说这个是唐朝女皇帝武则天的御用之物,和玉玺差不多,开价100块钱。父亲接过来看了看,瞅见"生日快乐"四个字,心里便有底了。父亲不好点破对方,委婉地说:"寡人一个鸡毛换糖的,哪有这么多钱。"对方认真看了看父亲,说:"我看你非平庸之辈,眉宇间隐隐有天子之气,拿去吧,这叫弃暗投明,物归原主。"对方接着泪水在眼眶里打转,哽咽着说:"要不是阶级成分不好,要不是等钱过年等米下锅,打死也不可能出卖这祖传几十代的宝贝。"父亲皱了皱眉,说:"寡人身上只有50块钱。"对方说:"那我就半卖半送,谁叫我三生有幸,遇到您这样的贵人呢。"

我们听了沉默不语,气氛异常尴尬,只有煤油灯的灯芯在嗞嗞地吸油。要知道,那时的50块钱,对于我们这样的家庭来说,算是一笔巨款。镇长一个月的工资才38块钱呢。许久,母亲坐在墙角处垂首啜泣道:"人家夸赞你一句有天子之气,你就鬼迷心窍了。"

父亲赔着小心说:"我们不是还可以应付得过来吗?寡人主要是看不得人家为难,再说了,那户人家也是良善之辈,说不定也不知道是赝品呢。能够让人家好好过个年,我们不也开心吗?"继而,父亲一脸正色地说道:"寡人顶着一个'寡人'的名号,虽不能兼济天下,但面对路有冻死骨,施予援手也是天道。"

那晚过后,很少有人再提起这件事,我们都以为再也不会有下文了。二十年后，我刚刚结婚，妻子作为外人，第一次加入这个大家庭的除夕之夜。那一夜守岁，她偶尔听母亲当笑话一样数落起印章的故事，便提出想看看。父亲翻箱倒柜寻了半天，把一个蒙满灰尘的木匣子递给她。妻子对那枚印章反反复复端详了许久，又掏出手机打电话问了好几个人，然后郑重地对父亲说："这个不是赝品，是真的，确实出自唐朝，价值不菲。"

妻子是历史考古专业的硕士，她的话毋庸置疑。父亲愣了一下，嘀咕道："都'生日快乐'了，还真什么真？"

妻子轻轻地笑了，纠正道："什么'生日快乐'，这是'吉日良辰'，小篆。按理说，那家湖南人没有撒谎。"

妻子的话立即引起了一片沸腾，大家脸上洋溢着欢笑，彼此小心翼翼地争相传看这唐朝的宝物，叽叽喳喳，像一群欢闹的喜鹊。

父亲杵立在客厅中央，面红耳赤。好一会儿后，他陡然一拍脑袋，喝道："你们不要再看了，寡人明天送还给人家，就明天，完璧归赵。"

母亲急了，壮着胆儿辩白道："我们是花钱买的，又不是偷的，凭什么送回去？"

父亲勃然大怒，拍着桌子吼道："当初买，以为是假的，如果知道是真的，那不是趁火打劫？这样伤天害理的事儿，平民百姓都不屑去做，更何况寡人乎？"

第二天一大早，也就是大年初一，双眼布满血丝的父亲执意登上了去湖南的火车。我们都劝阻说过完年去也不迟。父亲摇摇头，解释道："这东西在身边多一天，寡人心里就多遭一天罪。再说了，现在大多数人平常出去打工，但过年应该都在家，好找。"

世　　界

这小说该怎么写呢?

一个春雨飘摇的夜晚,他,一个小说家,坐在一家饭馆里,望着远处的那两男一女,愁眉苦脸地构思他的小说。

饭馆位于一条偏街上,对门是一家破旧的宾馆。宾馆楼顶上的霓虹灯缺鼻子少眼,在风雨中凄冷地一闪一闪。他点了一盘辣椒炒肉、一碟花生米,就着三两谷烧酒,低头闷声吃着。偌大的饭馆只有他一个客人,还有一个不那么漂亮的女招待趴在服务台前,单手支着下巴,正在打瞌睡。

一阵凛冽的夜风穿堂而过,慵懒欲睡的灯光潦草地晃了两下。随后,一切又恢复到了最初的沉思中。

不知何时,他猛地一抬头,发现离他较远处凭空多了一桌客人。那两男一女,仿佛是从地底下冒出来似的。他们坐在窗户旁,正围着一台火锅,一边吃一边低声交谈。火锅冒出来的腾腾热气,梦幻一样,将三人牢牢地锁在里面。

他点燃一支烟,在昏暗的灯光下默默地望着那两男一女,心里不由遐想:春雨迷漫的夜晚,大街上空荡无人,陌生的饭馆里,两男一女的三人世界,绝对是个好题材。

怎么写?

两男和一女,会不会一个是丈夫,一个是情夫?两男侍一女,三人共枕眠？想到这里，他不由得有些兴奋：那女的肯定超级有钱。现在满世界不是流传男人一有钱就变坏，女人一变坏就有钱吗？那女人有钱后，这个段子应该如何续写？他猛吸了两口烟，悠悠地喷出一团烟雾，眼前白茫茫的一片——女人有钱后，少数一根筋认死理的会从良，大部分会脑筋急转弯，笑眯眯地甩几个钱出来，看着男人一点点变坏。也不对！他们的座位不对。如果和自己丈夫、情夫一块儿吃饭，会像打麻将那样，一个人坐一边。或者，像开董事会一样，女人居中，男人分坐一旁。他们不是这样坐的。女人自己和一男人坐一块，另一男人在对面倍显孤单。

显然不是情夫，那是——青梅竹马的初恋情人。哈，本来是专程，却撒谎说顺道路过，千里迢迢，只想来看看。看啥？初恋情结惹的祸。他自己前年不也鬼迷心窍，去了一趟赣州吗。看见小梅变成了老梅，他跳赣江的心都有。唉，相见不如怀念，不如怀念啊！正当他一声叹息时，那桌人中，男人站起来给另外一个男人敬酒，似乎神情颇为恭敬。他莞尔一笑，想起了张镐哲的那首歌：今夜让泪流干，敬你爱人这一杯……

想到那首歌，他有些莫名地担心起来，这俩男人会不会打起来，甚至动刀子？对，打起来好！打起来就是另外一个故事了——

某饭馆，三人酒足饭饱后，其中两个男人不知何故争辩不休，瞬间撕打成一团。末了，力弱者落荒而逃，力强者撵在身后喊杀喊打，顷刻间，两人消失于茫茫人海中。等到一直忙于劝架的老板醒悟过来，回头再寻那女人，踪迹皆无。

不行，这样的小伎俩早被写烂了。再说了，这年头谁还会为一顿饭钱而上演这样的苦肉计？他苦笑着对自己摇了摇头。

在他抽了几根烟后,那女的也站了起来,向坐在对面的男人毕恭毕敬地敬酒,兴高采烈地说着什么。他拎起耳朵听了一会儿,由于距离颇远,难以听出个名堂来。他又琢磨了一会儿,慢慢明白了:坐一起的应该是一对夫妻,他们肯定是有求于对面的那个男人。嗯,错不了,绝对是有求于人家,否则这世界,哪里会两口子一起出来联合作战。

一对夫妻面对一个男人,有啥可求的呢?他心里冒出来的第一个念头是:借种!

很快,他就意识到了自己的滑稽。因为他趁着上厕所的机会,路过那两男一女身旁,特意凑到跟前观察了一番。那对夫妻中年模样,而另外那男人则年长不少,几乎是一老头了。这怎么可能是借种呢,要借,也会向年轻力壮的人借,怎么会轮到那糟老头呢?他哑然失笑。

不借种,那借啥?面对一半百老头,借啥?有了,是借路子。那老头是一领导。不像,那老头一身破旧,怎么会是领导呢?

不是领导,会是啥?如此恭敬,会是啥?他口里念念有词,开始有些走火入魔了。他翻过来倒过去地想,反反复复地想。突然,他正抓着几颗花生米准备往嘴里送的手停顿在半空中:不是领导,那肯定是在领导心目中举足轻重的人,最起码也是能说上话的人,比如领导远在乡下的父亲、领导二奶的舅舅、领导小学的老师、早年资助领导上学的村干部,甚至领导家的厨师、领导单位上看大门的,还有领导的领导远在乡下的父亲……他的手禁不住抖得厉害,几颗攥了半天的花生米掉在桌上,咚咚有声。

太有才了!他露出了得意的微笑。很快,悠然地吹起了口哨……

街上的雨，慢慢地小了。檐雨滴三减四间，两男一女起身离开。

他们没给钱！女招待睡着了，我也可以白吃一顿——他压住内心的狂喜，猫着腰，蹑手蹑脚地离开了座位。就在他一条腿刚要迈出大门时，那个不那么漂亮的女招待，鬼魅一般出现在他的面前，笑眯眯地说："先生，请买单。"

他打了个饱嗝，指着闪入对面宾馆的那三条黑影，自我解嘲地说："我看见他们吃完就走，还以为你们这里吃饭不用钱呢。"

女服务员怔了一下，转而不那么漂亮地笑了。她说："他们是对面宾馆的老板和老板娘，每年的今晚，都要亲自为那个守夜的老大爷过生日。大家老熟人，月结呢。"

他彻底傻了。

他走出饭馆时，手机突然响了。响了半天，他深深地叹了口气，接通电话，乌着脸说："宝贝，这段时间我老婆管得特严，你多理解一下。下个月，下个月我保证带你去上海看世博会……"

白 云 人 家

老刀和老马，是我挺好的一对朋友，他俩合伙开了家公司，不到一年，就散伙了。

"朋友做成这样，真没劲，老马太混账了。"老刀丢下这句话，怒气冲冲地走了。去哪儿？上白云山种植药材。白云山，云海苍茫,是方圆数百里海拔最高的一座山。

老刀刚去的那阵子,一天好几个电话打下来:"山上太无聊了,要不是看在几个钱的份上,老子早下山了。兄弟,我现在饿得奄奄一息,麻烦你送几个妹子来救救我。"

即便如此,这家伙还是隔三岔五地躺在我家里,吃饱喝足后,霸在电脑前,两只眼直冒绿光,对 MM 狂发亲吻的表情符号,在破旧的显示屏上撒下一片猩红的唇印。

后来,老刀就来得少了,偶尔下山进城,也是采购一些药材种子,来去匆匆。不仅人来得少,电话也少,十天半个月毫无音讯。

"你是在山上养了狐狸精,还是嫌兄弟我这儿招待不周?"我感到纳闷儿,忙给老刀打电话。

老刀在电话那头只是"嘎嘎"地笑,鸭子般开心。

我最后一次接到老刀的电话,是两年后的事。那天,老刀告诉我,不想种药材了。这买卖是挺来钱的,但开公司欠下的债还清了,不想种了。所以,手机也没有保留的必要。他的意思是从此不再用手机了。

挂了电话,我愣了好一会儿:这家伙怎么了? 赚钱的买卖不做,手机也不用,在山上成仙了?

又过了半年,待到满山泻翠时,我收到老刀的一封信。信在路上走了足足半个月。老刀在信里热情邀请我上山住几天,还画了一张草图,蛇一般乱蹿的箭头旁,孩子气十足地写道:"不识老刀真面目,只缘身在此山外。"都什么年代了还写信? 我哭笑不得,在一个阳光明媚的周末,带着满肚子的好奇进山了。

按照老刀草图的指引,我那辆心爱的路虎越野车,在一条坑坑洼洼的山路上吭哧了半天,终于走到了路的尽头——白云山脚下的一个林场场部。把车寄存后，林场的干部递给我一根木棍，指了指一条悬在头顶的羊肠小道，说："走到头，便是老刀的家。"

老刀的家，在山的腰际，白云生处。

我拄着木棍，胆战心惊，在深山老林里像蜗牛一样连滚带爬。四周万籁俱寂，一条小路，绳一般抛向浓荫蔽日的原始森林深处。弯弯绕绕，走了七八公里，一拐弯，眼前突然变得开阔：云朵在脚下快速地流动，云海雾浪下，群山峻岭、城镇村庄、阡陌田野、河流树林，像摆在一个棋盘上一样一览无余。浩阔的地貌让人平静，我的心陡然升起一片清凉。久居城市的我，面对这样一方突然冒出来的世外桃源，如痴如醉。

老刀站在几间瓦房前笑吟吟地看着我。

晚上，老刀隆重地烧了几道菜：小鸡炖蘑菇、山笋红焖兔子肉、清炒野菜、凉拌木耳，奇香无比。明亮的松油灯下，两个人的影子在墙上张牙舞爪。大碗大碗的地瓜酒，咣咣地碰杯，直到两人醉得不省人事。

第二天清晨，我被一群鸟吵醒。一群鸟的绿嗓子，唤醒了整座白云山。四周影影绰绰，牛奶一样的雾霭在指间流动。雨后空气清新湿润，我伸了伸懒腰，贪婪地做着深呼吸。

一碗鲜甜的地瓜粥，一碟爽口的咸萝卜。早餐后，我们隔桌对坐，喝着绿茶聊天。一团雾停在桌上，停在我们中间。我问老刀："干吗不种药材？不是挺来钱的吗？"

老刀说："这里的气候和土壤特殊，种植的药材，几乎接近于野生的品种，来钱确实挺快的。但你看我现在还需要钱吗？喝的吃的用的，哪一样不是自产的？"

我心有不甘地说："你这样远离尘世，会远离很多快乐，容易被时代抛弃的。"

老刀挥了挥手，使劲把桌上的那团雾扒拉开，说："抛弃什么？无非是互联网上那些流水线作业的八卦新闻——谁和谁睡了，谁打记者了，谁当总统了，哪个球队输了或者赢了，股票涨了或者跌了。其实想想，那都是傻瓜式的快乐，挺没劲的。我这里完全不插电，没有任何电器设备。但你看看，满天星空比不过城市的霓虹灯？飞禽走兽的啼叫比不过歌星声嘶力竭的吼唱？书上的唐诗宋词比不过电视连续剧里幼稚的缠绵？每天午后一场雨，一年四季盖被子，比不过城市里密密麻麻的空调？枕着松涛伴着花香入眠，比不过夜总会的买醉？出门靠脚走路，双手勤耕细作，比不过打的去健身房跑步？"

我得意地说："哼哼，你这里没有冰箱。"

老刀笑了，拉着我转到屋后，从一口幽深的井里往上拽起一个竹篮。湿淋淋的竹篮里，两瓶红酒和一个西瓜，咝咝地直冒凉气。老刀说："不好意思，这是我们中午享用的。"

我尴尬地挠了挠头。

几天的接触里，我发现老刀像换了一个人似的：不抽烟，偶尔喝点酒，养一条狗几只鸡，种半亩稻田半亩瓜菜。每天早睡早起，晨时，携清风白云荷锄而出；晚霞烧天时，坐在家门口喝茶读书，看脚下的行云流水。

我承认自己是一个俗人，所以还得下山。老刀一直把我送到山脚的林场场部。临别，塞给我五万块钱，叮嘱道："仔细想想，当年公司倒闭的事儿，主要是我的责任，不能怪人家老马。这点钱，算是我赔给他的。另外，我在这里种植药材赚钱的事儿，一定要替我保密，市侩之徒来多了，会污染这里的空气。"说到这里，老刀有些忧心忡忡了。

"嗯。"我郑重地点了点头。

诗 人 老 黑

老黑来东莞以前是个诗人,在湖北老家的小县城里颇有名气。

一天早上,老黑骑自行车上班,在街拐角处,把一个去菜市场的老太太撞翻在地。老黑忙招了一辆"的士",把老太太送到医院。又是拍片又是验伤,一轮忙乎下来,花了老黑一千多元,也就是说他这个月的工资泡汤了。

老太太的三个儿子接到老黑的电话赶到医院时,已经是下午了。老黑的块头很大,面对老太太三个身材矮小的儿子,非常诚恳地说:"三位大哥,对不起,我是肇事者,我愿意承担一切责任。"

三个人面面相觑,惊恐难言。其中一个壮了壮胆,说:"你是说,你是肇事者?"

老黑点了点头。

那人似乎怀疑自己的耳朵听错了,重复道:"你是说,我妈是你撞的?"

"对呀!"老黑不解地再次点了点头。

那人忍不住嗤的一声笑了:"兄弟,别逗了,你如果真是肇事者,干吗还在这儿?"

老黑急了,说:"你们可以问问老人家呀,确实是我今早赶着去上班,车蹬得有些快,一不小心,把老人家给撞趴下了。"

老太太在一旁痛得龇牙咧嘴,这时,刚缓过来一口气,插嘴道:"是他撞的。"

那人冷笑,说:"妈,事情肯定没您想的那么简单,如果他真是肇事者,早跑没影了。他凭啥不跑?脑子进水了?天下哪有这样的傻子,把您撞了,不仅不跑,还主动垫钱,像伺候亲妈一样伺候您。这不合乎常理呀!现在的社会防不胜防,骗子可多了,人家故意撞您,把您送这儿,是因为惦记上您了。您说,人家惦记您一个破老太太干啥?无非是您那些存款……"

老黑怒不可遏,冲上去和那三兄弟论理。没扯几句,双方直接在医院里干上了。警方赶到时,大家鼻青脸肿,互有损伤。警察一边怜悯地打量着老黑,一边给那三兄弟上思想政治课:"你们要相信,这个社会最终还是好人多嘛!"

老黑彻底愤怒了。

愤怒出诗人。

老黑最著名的一首诗叫《求婚》,曾经在圈内广为传诵:姑娘/我丁香一样的姑娘/我想和你在幽怨的雨巷/制造车祸现场/做你肥胖的肇事者……

也许是在老家没有找到可以"制造车祸现场"的雨巷,两年后,老黑只身南下,来到了东莞。

老黑来东莞后,问朋友借了不少钱,在东城开了家咖啡馆,名叫"春天餐屋"。"春天餐屋"的生意却不怎么春天,开张那阵子,很多朋友来捧场,夏天般喧闹过后,顾客一天比一天稀少,最后随着时令一起进入了残荷满池的寒秋。

老黑盘点一番,慌了,大半年下来,除了每天混个肚饱,其实亏得一塌糊涂。老黑想,冬天还远远没来,老子没有理由陪雪莱一起傻等春天吧。

老黑在门口贴出了转让的告示。

很快,有人想来接手。接手的人来看店面的那天,刚好有两拨老乡在这里开派对,人头攒动间,大家像一群疯子,高声朗诵着老黑永垂不朽的诗歌,一边碰杯一边玩"求婚",场面热闹非凡。接手的人见此场面,很是激动,表示同意接手。

老黑如实相告:"你要考虑清楚,今天是开张以来最红火的一天,平日里的生意非常冷清,我都亏了好几万了。"

接手的人一听生气了,说:"我都满口答应了你的转让条件,你还骗我干什么!别胡说八道了,我相信自己的眼睛。"

老黑急了,说:"我不是普通的贩夫走卒,我是诗人,我用诗人的名义发誓,我绝对没有骗你!"

接手的人冷笑:"诗人?诗人都是疯子,有几个正常的?有谁会在转让时说自己生意不好的?靠!疯子都能把生意做得这么火爆,我还怕啥。"

老黑越描越黑。描到最后,接手的人和老黑差点要翻脸了。

接手的人担心老黑变卦,赶忙付清了转让费,把老黑打发走了。

接手的人依然开咖啡馆,虽然换了店名,但生意犹如老黑的翻版,夏、秋、冬,一蹶不振,一季不如一季。

接手的人望着空空荡荡的店里,一拍大腿,幡然醒悟:那诗人是故意请一帮人来钓老子鱼的。靠,诗人,狗屎!

寂 寞 先 生

　　房间里有一张贵妃椅,曲线玲珑。一个穿黑色蕾丝裙的女人,露出香肩和长腿,斜卧在贵妃椅里,同样曲线玲珑。

　　男人盘腿坐在床上,静静地吸烟。

　　他们中间,隔着一方小茶几。茶几上,一杯茶香气袅袅。茶是绿茶,碧螺春。茶叶在透明的玻璃杯中恣意行走,舒展着自己曼妙的身体,也如眼前这个年轻漂亮的女人。

　　女人侧着身子,单手支着下巴,目光灼热地望着男人。男人却视若无睹,老僧入定一般坐在那里,从口袋里又摸出一支烟。

　　"别老抽烟了,你说话嘛。"女人的声音很好听,绵软润滑,有酥糖的味道。男人的眸子闪了一下,瞅着女人,兴奋地问:"你去过寺庙吗?"

　　女人的目光暗了下去,嘴里嘟囔道:"每天忙得要死,哪儿有空去那个地方。"

　　"我昨天到了这里的开福寺。开福,这个名字真好。你不知道,我现在逢庙必进,遇菩萨就磕头。"

　　"为什么呢?"女人好奇地问。

　　男人点燃手中的烟,吐着烟圈,悠悠地说:"可以使内心安静。"

　　"安静? 可我觉得大哥不太快乐呢。"

"是寂寞，内心的寂寞。"男人有气无力地纠正道。

"寂寞？那大哥还坐那儿干吗呢？嫌小妹长得丑？"

"不是。"男人昂起头，望着天花板垂下的吊灯，微笑着说："自从我老婆车祸走了以后，我便对女人不感兴趣了。"

女人换了个姿势，半躺在贵妃椅上，伸手问男人要了一支烟，一边抽，一边望着头顶的天花板发呆。

男人继续抽烟，继续微笑地望着吊灯，似乎沉浸在过去某种幸福的回忆里。不到两米远的距离，女人的唇上也升腾起一朵云，在柔和的灯光下舞姿婀娜，却孤单落寞。

男人继续说道："其实我以前并不富裕，在钢铁厂炼钢，一个普通工人，靠工资养活两张嘴。那时老婆还在，日子过得很平淡，并没有觉得有啥特别的。现在老婆没了，才知道自己身在福中不知福，才知道以前的日子是多么美好。老婆走时，连一句话都来不及留下，只留下一大堆的钱。呵呵，我不知道自己守着这些钱有什么用？"男人从容淡定，好像在讲述别人的故事。

女人忍不住笑了，揶揄道："编吧，继续编，还留下一大堆的钱，一个炼钢工人的老婆私藏巨款了不成？"

男人轻蔑地摇了摇头，表示对女人的智商很不满意。转而，男人得意地解释道："是肇事者和医院给的。"

女人掐灭烟蒂，好奇地问："肇事者赔钱还好理解，医院凭什么也给你钱？救治不及时？"

"不是，我老婆在车祸当场就死了，和医院无关。是医院看中了她的身体，说作为人体标本有科学研究价值。他们用了非常高端的技术，一直以来把我老婆的身体保存得完好如初。现在，她作为一件艺术作品，陈列在大连一家科学馆里，名字叫'惊鸿'。"

女人突然问:"你老婆当时怀孕六个月,对不对?"

男人闻言不禁身体抖了一下,吃惊地望着女人,问:"你是怎么知道的?"

女人叹了口气,回答道:"我在一本杂志上看过,是一张摄影图片,名字叫'惊鸿',里面的那个女人应该就是你老婆。她大睁着吃惊的眼睛,让我过目难忘。"

男人眼里含着泪,说:"当初,如果当初她像其他女人一样正常走了,火化了,烧成灰,抛入大江大河,或者装进骨灰盒埋进土里,我可能顶多伤心两三年,重新找个合适的女人过日子。可是她偏偏还在人世间,在科学馆里,像活的一样,让我无法摆脱。你不知道我这二十多年来是怎么过的,暗无天日,孤魂野鬼一样,像一个死人。我真后悔当初贪恋那些钱,把她卖给了医院。我现在只有到处烧香拜佛,请求菩萨宽恕自己的罪过……"

女人犹豫地说:"我把这张图片贴在床头,已经好几年了。其实,我最喜欢看的是你老婆鼓起的肚子,虽然表面看不到什么,却可以感受到里面的孩子在呼吸,在轻轻地呼吸。"

说到孩子,男人终于动容了,双手捂着脸啜泣不止。男人哽咽道:"如果这孩子活了下来,也是你这般大了,如果是一个女孩,该多好啊,肯定也会有你这样漂亮。"

男人说完,扬起脸去看女人。对面的贵妃椅上安安静静,渺无人影。男人不相信似的擦了擦眼泪,起身把灯光调亮,发现贵妃椅上仍然空空如也,再仔细检查了一番,原来整个房间确实没有其他人来过。而茶几上,那杯碧螺春,依然绿意盎然,尚存余温。

就在这时,男人才发现自己手里一直攥着一张卡片,上面有一个年轻漂亮的女人,穿黑色蕾丝裙,露出香肩和长腿,斜卧在一张贵妃椅上,曲线玲珑,目光灼热。男人终于想起来了,这卡片是晚饭后回酒店,打开房门时在地毯上发现的。

男人重新盘腿坐在床上,犹豫了一会儿,掏出手机,对着卡片上的电话打了过去。男人说:"我只想聊天,行吗?"

捕 鱼 者 说

一

水上漂在 48 岁那年,带回来一个俊俏的外乡女子。这女子叫秀珍,28 岁,水灵灵的,让人一看就舍不得把眼睛挪开。夏阳河上议论纷纷,说泉林好福气,他爹帮他寻了个叫人眼馋的媳妇儿。

泉林兴奋不已,撒腿跑到小卖部赊了一包好烟,脸上开着花,见人就递上一支。

月色刚刚笼上夏阳河,泉林就蔫了。

泉林质问父亲:"你怎么睡我媳妇儿?"

水上漂一脸疑惑:"谁说是你媳妇儿? 这是你妈!"

"啊? 原来你不是给我娶媳妇儿!"泉林蹦了起来。

水上漂苦笑:"媳妇儿得自己娶! 我把你养大不容易,你都

26岁了,娶媳妇儿都不会?"

泉林"扑通"一声跪下,哀求父亲:"你都老了,看在我死去的娘的分上,你就把她让给我吧。"

水上漂摇了摇头,一脚把儿子踹出房门。

于是,只大泉林两岁的秀珍成了泉林的后妈。

秀珍来后,水上漂依然和以前一样,重复着他每天的快活。上午睡觉,下午赌博,晚上喝酒。喝得脸色酡红,半醉半醒,便去夏阳河上捕鱼。

银色的月光下,河面上波光潋滟。水上漂亮出了他的绝活儿。水上漂两腿扎马步,脚踩一舟,无桨无篙,扭着腰身,一摇一晃,一晃一摇,如同月光下的一尾凤尾竹。他收网的手指,上下翻飞,像在钢琴上弹奏着一支醉人的月光曲。而捕捞上来的鱼,肥美无比。起网的那一瞬间,鱼身上的鱼鳞,在月光的照射下,寒光闪闪。

把小鱼放生,用大鱼换钱,换了钱上赌桌,输完后笑笑,再在秀珍身上撒撒野,这就是水上漂的快活。

有一回,一个赌徒讥笑他老牛吃嫩草,抢儿子的被窝。水上漂在手心里吐了口唾沫,双手使劲地搓了搓,一边摸着牌九,一边回敬对方:"老子有老子的世界,儿子有儿子的天下。人活在世上,只求自己快活就可以了,管什么儿子。"

可惜,水上漂只快活了两年就死了。他不是被秀珍累死在床上的,而是葬身江底。原因很简单。夏阳河上游建了许多工厂,河水日渐乌黑,鱼也稀少,水上漂只好把他月光下"跳舞"的场地移到了赣江。可是,他忘了,赣江不是夏阳河。

一个深夜,月色妩媚,水上漂喝得半醉,在秀珍身上忙完后,开始在波光粼粼的赣江上踩着渔舟撒着欢,玩他的水上漂。

一个浪头掀来,渔舟剧烈摇晃。水上漂马步没有扎稳,一个趔趄栽进江里,从此再也没有回来。

二

月色妩媚,赣江朦胧。

江面上,一叶泊舟突然摇晃起来,摇晃了好一阵,才缓缓止住。舟上传来一个女人和一个男人的对话。

"泉林,你真棒,比你爹强多了!"

叫泉林的男人显然生气了,大着嗓门儿:"你以后不准提我爹,一提他,我就来火!"

"瞧,你又吃醋了。"

"不是吃醋。他连和自己儿子差不多大的女人都要争,太没羞没臊了!怪不得死那么早。还水上漂呢!"

女人剜了一眼男人。

"算了,秀珍,不说了,毕竟我爹就死在这条江里。"

沉默,长时间的沉默。

女人叹了口气,说:"夏阳河腻了,都可以点油灯了。没想到赣江也浅成沟沟了。唉!我们去哪儿找鱼?"

男人点燃一支烟,默默地吸着,望着乌篷外的江面发呆。江面,几处礁石伸胳膊露腿,在月光下对峙着。

这时,女人似乎有了主意,急切地问男人:"赣江下去是哪里?"

"鄱阳湖。"

"那去鄱阳湖吧。"

男人嗫嚅道："电视里说鄱阳湖也快干了，只剩下五十平方公里，政府正在禁渔。"

女人问："鄱阳湖下去呢？"

"长江。"

"那去长江吧。"

"不去，长江浪更大。赣江都把我爹淹死了，他还是水上漂呢。我们去长江，还不是送死？"

女人沉思了一会儿，小心地问："长江下去呢？"

"大海。"

女人不说话了。

许久，女人带着哭腔问："难道就没出路了？"

男人幽幽地说："出路倒有一条，我有个同学在广东开电镀厂，可赚钱啦，我们可以去他那里打工。"

女人眼睛忽地一亮，说："好啊！树挪死，人挪活。明儿我们卖了舟，一起去广东打工。"

女人兴奋地钻出乌篷，站在舟头，对着南方的星空凝望起来。

男人又点燃了一支烟，狠狠地吸了一口，沉默无语。

苍茫的月色下，瘦骨嶙峋的江面上，横着一舟。舟头站着一个女人，憧憬地望着南方。舟尾坐着一个男人，手里的烟头，明明灭灭。

"要出远门了。"男人小声嘀咕着，眼角闪烁着泪光。

全民微阅读系列

阿毛的故事

阿毛小学毕业时,考了全镇第一名。

那年,市一中准备设少年班,召集全市前 800 名学生进行摸底考试,录取 60 人。录取后,不仅免去所有的学杂费,而且包吃包住,重点培养。

阿毛和表弟——他姑父的儿子都拿到了准考证。阿毛是第 48 名,他表弟是第 235 名。阿毛的姑父是城里单位上的一个股长,同一个镇的人,却和阿毛说一口蹩脚的普通话。

考完后,阿毛的姑父用蹩脚的普通话问阿毛考得怎么样。

阿毛不会说普通话,只好说土话。阿毛说:"不怎么样,好多题都不会做。"

阿毛的姑父吃了一惊,说:"不会吧?"

"都是不正经的题!语文试卷考猜谜语,考四大名著是什么,考小明的妈妈有三个儿子,大儿子叫大狗,二儿子叫二狗,问三儿子叫什么名字。考戏剧和话剧的区别,考曹禺的原名。唉,作文题就更怪了,要我谈读《红楼梦》的心得。红楼梦是什么鬼梦?"

阿毛的姑父快快地问:"数学呢?你数学不是最好吗?"

"数学都出错了题目,问 80 减 100 等于多少。我答:'老师,你出错了题目,根本不够减。'更碰到鬼的是,竟然有 x、y、z 这样的语文拼音。考试时间也不够,有道题说 1 加 2 加 3 加 4,一直加到 100,问等于多少。到收卷时,我才加到 69,时间太少了!"

阿毛的姑父笑了笑,转过脸得意地看着自己的儿子,问阿毛的表弟考得如何。

阿毛的表弟一脸鄙夷地说:"谜语和脑筋急转弯的题都不会,太蠢了! 杂志上到处都是。哼,四大名著都不知道,还全镇第一呢! 笑死我了,什么出错题目,那个 80 减 100 等于负 20! 1 累加到 100,还有方程式,哈哈,我老师早在课堂上讲过了。"

阿毛傻眼了,立刻明白过来。

阿毛不服气地说:"这不是欺负人吗? 你们老师都讲过的题,拿来考我们乡下孩子干什么? 哼哼! 如果考什么时候下禾种、一年有多少个节气、牛屙什么样的屎,你们城里人肯定也答不上来……"

还没等阿毛说完,他姑父和表弟都笑翻了。

那次考试,没有录取阿毛,而是录取了他表弟。

多年以来,阿毛一直靠着这个故事活着,三番五次地给别人讲他当年全镇第一名的传奇,以至于整个工地的人都能够倒背如流,他还没有讲完上一句,就有人接上了下一句。大家在哄堂大笑中,尽情地模仿着阿毛的塑料普通话。阿毛挠了挠头,尴尬地笑。

这天,工地上来了个新人。阿毛屁颠屁颠地跑了过去,接过人家手里的被褥,一边扛在肩上,一边讲起了他当年的全镇第一名。新人没有听过,很认真地听完后,说:"你不能完全怪罪于先天环境,一个人的成功,关键还得靠自己后天的努力。我是大学生,不也来工地了吗?"

阿毛愣住了。半天,阿毛嘴角挂着一丝冷笑,说:"我初一就没去读,家里穷,读不起。像我这样,也许一生就那么一次机会,一旦失去了,就啥也没有了。再说了,我是当年全镇第一名,如果考上了大学,肯定不会像你这样窝囊。"

那人无言以对。

阿毛忽然问那人:"书呆子,你知道我表弟如今在做什么吗?他已经是副局长了,管着这座城市的基础建设。"说完,不容那人接话儿,一把把被褥塞在他手里,拍了拍屁股,怒气冲冲地上了脚手架。

阿毛是一个泥水工。

翠花,上酸菜

矿区不大,横竖也就两三条街,更像一个村落。所以临近年底,当老郑带回来一个东北女人时,不到半天的功夫,消息就传遍了整个矿区。

这女人叫翠花,身材高挑,白皙秀美,说话带着东北那旮旯独有的卷舌尾音,唱歌般好听。大家把老郑家围了个水泄不通,纷纷感叹老郑四十多岁,出去打几年工,竟然带回来一个年轻貌美的媳妇儿。众人羡慕地看着老郑,那几个三十好几甚至四十出头的老光棍儿更是把老郑堵在门口,嚷道要他传授秘诀。老郑诡秘地笑笑,没有作答。

翠花来后，老郑家发生了翻天覆地的变化。

翠花是个勤快的女人，一天到晚忙里忙外，缝补浆洗，到处拾掇得干净亮堂，纤尘不染。尤其是饭菜，老郑和前妻的两个孩子，不用像以前那样有一顿没一顿地吃食堂了。翠花按照她东北老家的生活方式，经常变着花样下点面条，熬点小米粥，蒸一笼豆包，或者煮上一锅饺子，把日子调理得有滋有味。

翠花最拿手的是东北酸菜。她在街市上买了一堆大白菜，泡在水缸里，浇上滚烫的沸水，撒上盐，稍微冷却后，用塑料布包了个严严实实。年底南方矿区的气候，虽然比不上东北那里冰天雪地，但也算是天寒地冻了。几天后，翠花从缸里扒拉出一棵被腌制过的白菜，洗干净，切成细丝，加入五花肉和红薯粉条，在火上小心地炖着。不一会儿，屋子里便弥漫开来一股扑鼻的香味，一尝，酸甜可口，既下饭，又当饱，颇有几分东北当地的风味，把老郑和两个小孩乐得眉开眼笑。

那时，雪村的《东北人都是活雷锋》刚刚流行开来，模仿最后一句唱白成了老郑家最快乐的节目。老郑和两个孩子一边敲着碗筷，一边偷眼往厨房里瞅，看到翠花的酸菜快要上桌时，老郑便学着雪村的"鸡"腔喊道："翠花，上酸菜！"紧接着，两个孩子也欢天喜地地喊："阿姨，上酸菜！""好咧。"翠花在厨房里应了一声——"锵、锵、锵"——踩着京剧里的鼓点，风摆杨柳腰，春风满面地端上来一大盆酸菜猪肉炖粉条。一家人吃着，闹着，欢声笑语不断。整个屋子里热气氤氲，在橘黄色的灯光下腾升开来，定格在墙上，像画上画的一样。

老郑家的欢声笑语，让那几个老光棍儿整宿整宿地失眠。他们暗自骂道："早死早好！死了，腾开地儿，老子好接班。"

这帮老光棍儿只要闲着没事,就喜欢在老郑的房前屋后转悠,像一群饿得眼睛发绿的猫儿,围着水塘里的鱼儿干着急。也有胆大的,趁老郑不在家,找个借口闯进去,借个火儿,觅两瓣蒜,没话找话,涎着脸不走。老郑叮嘱道:"别搭理,都不是啥好人。"翠花吐了吐舌头,认真地点了点头。

春风绿草,气温日渐回暖。一个傍晚,老郑下班回家(翠花来后,老郑就在矿区附近寻了份工作),快到家门口时,远远地看见翠花和老柴在自家院里拉拉扯扯。老柴今年三十六了,远近闻名的一个光棍儿。待老郑一进院子门,老柴把手里的一块红布往翠花手里一塞,头也不回地走了。老郑一看,扬手掴了翠花一耳光,眼里喷着火骂:"都叮嘱多少次了,你……你咋就狗改不了吃屎哩!"

翠花憋屈地僵在那里,半天才反应过来,哇地哭了,一边哭一边念叨:"你咋就不能相信我? 你咋就不能相信我?"

这事儿没等天黑就水落石出了。原来是老柴的嫂子要出嫁女儿,托老柴捎来一块被面,请求工于女红的翠花绣幅鸳鸯图。人家老柴和其他光棍儿不一样,根本不愿意揽这差事,是被嫂子骂来的。当时老郑所看到的拉扯场面,是翠花担心老郑心眼多,想拒绝这吃力不讨好的活儿。老郑还真冤枉了人家翠花。老郑知道自己错了,又是道歉又是哄,大骂自己狗眼瞎了。翠花扭过身子看天花板。老郑又换了一招,扒自己衣服,脱得只剩一条裤衩,在屋子中间转圈儿,问翠花麻绳搁哪儿了。翠花不解地问:"你寻麻绳干啥?"老郑说:"负荆请罪,书上不都是这样写的吗?"翠花"扑哧"一声,笑了。

临睡前,老郑为了表示自己的忠心,把银行的存折和密码都

南京的太阳

交给了翠花。翠花感动得一把抱住老郑,像一条鱼儿游进了他的怀里。

第二天晌午,老郑睡眼惺忪地醒来,发现翠花不见了,屋里屋外寻了个遍,踪迹皆无。隔壁邻居说一大早看见翠花蹬个三轮,急匆匆地走了。老郑心里一惊,赶紧翻箱倒柜,怎么也找不到自家的存折。

翠花卷款跑了。

"翠花把老子所有的钱都骗走了!老子蠢得跟猪一样,还把存折和密码都给了她。"老郑气得火冒三丈,坐在街中心的樟树下破口大骂。很快围拢了一帮人。老郑对大家激动地说:"你们知道翠花以前是做啥的?你们知道翠花以前是做啥的?她是做鸡的!做鸡的就是做鸡的,像狗,永远改不了吃屎……"

几个老光棍儿掩嘴偷笑,彼此挤眉弄眼。也有人表示同情,好言劝慰老郑赶紧去报警。

这时,一个小孩指着公路上大声嚷道:"郑叔叔,你看,谁来了?"

大家循着孩子的话往公路上望去——刚好是一个陡坡,翠花正推着三轮车吃力地升了上来。她两腿弯曲,身体绷成一张弓,气喘吁吁地,使劲往坡上拽——她的车上,驮着一个硕大的冰箱。

众人轰地乐了。

围观的人群知趣地散去。几个老光棍儿一边散,一边交头接耳,拿目光狠狠地剜翠花。

老郑大着舌头问翠花去哪儿了。翠花说:"天气热了,做不了酸菜,所以赶早儿去买了个冰箱。你睡得沉,没惊醒你呢。"

老郑闻言，身体像被电击了一般晃了晃，牙疼似的捂着腮帮子。

水缸里的月亮

对面的楼顶，响起了哗啦哗啦的流水声。阿细又要洗澡了。我、小武、和尚三人激动地挤在窗前，抻长脖子，屏声敛息地等待着。

皎洁的月光，照着城中村的睡梦，还有远处的山川、河流。阿细披着浴巾，秀发赤足，踩着细碎的月光，向水缸走去。在水缸边，她褪下浴巾的一刹那，我们的眼前仿佛划过一道白光，白晃晃的，亮得刺眼，瞬间击中了我们。

月光下，鲜花怒放，芳香在夜空里弥漫。

我们揉了揉眼睛，仔细再看，阿细已经坐在水缸里。坐在水缸里的阿细，轻扭着玲珑曼妙的胴体，隐隐约约，像一个俏月亮。水摇摇摆摆，荡漾四溢，水珠坠在地上，溅起一地清冽的碎银。阿细的头顶，夜幕蓝玉般深邃，月亮像嫦娥的乳房一样鲜明地凸立着，隐隐地跳跃在衣衫之下，颤颤巍巍的，让人恍若闻到了奶汁的芬芳。

我们三人趴在窗沿，如痴如醉，亢奋不已。

那年，我二十出头，迷恋写诗，在天河城的地下隧道里摆地摊儿。诗歌没法按斤两出售，但我还是发挥了写诗的特长，在自己卖新潮避孕套的地摊前写了一句话：我们的生活戴套套。我对小武、和尚说："大俗即雅，这是行为艺术，不是你们能比的。"小武是个画家，蹲在隧道里给人画肖像，画一张五块钱，收入微薄，还不时要补贴在贵州老家读书的弟弟妹妹。和尚剃个光头，流浪歌手，虽然卖艺不卖身，靠别人施舍过日子，但远比我们富裕。和尚的父亲是内地的一个副市长。隧道三结义。我们亲如兄弟，合伙住在城中村的一间出租屋里。

在荷尔蒙燃烧的午夜，我们发现了对面的阿细。阿细租住在楼顶的天台小屋，月圆之夜，喜欢水缸浴。这个发现，让我们兴奋异常。关于阿细，我们讨论过很多，比如那口水缸从哪里来的，怎么弄上九楼楼顶的；比如阿细水缸浴为什么只选在月圆之夜，用的是冷水还是热水；比如阿细哪儿的人，多大啦，有没有男朋友。东方发白，我们的口水依然在飞，烟头满地。

每天，阿细回来得都很晚。我们三人轮流蹲守。只要阿细一出现，就会有人推醒其他二人："喂，喂，醒醒，春天来了！"

对，阿细就是我们的春天。

有一次，小武弄了一架望远镜，对着对面的楼顶机关枪一样扫射，得意地说："老子要让你水落石出。"和尚一把夺了过来，直接从十楼的窗口扔了下去，愤怒地骂道："无耻。"小武无辜地看着我。我也恶狠狠地说："无耻。"

不可否认，我们三个人同时爱上了阿细。阿细在一家酒楼做部长，来自西南边陲，老家有水缸月浴的风俗。我们对阿细亲如胞妹，且一度打趣道，如果阿细愿意，我们就共用一个老婆，有福同享，兄弟嘛。

"那绝对不行。"阿细轻咬着嘴唇，否定了我们荒诞的想法。

她说:"一个人怎么可能同时坐进三口水缸呢。"

"那怎么办?"

阿细低着头,沉默了半天,纠结地说:"我也不知道,你们自己商量吧。"

商量?太荒唐了。那天,我们破天荒没有出工,窝在出租屋里喝酒。三个人都喝得酩酊大醉。小武摇着和尚的胳膊说:"阿细是不是好姑娘?"

"是。"

"是好姑娘,我们就得让她幸福,对啵?"

"对。"

小武指了指自己,又指了指我,最后指着和尚说:"我们三人,只有你有条件让阿细用上浴缸,带电动按摩的那种,半个房间大,对啵?"

和尚不说话,眼泪流了下来。三人抱头痛哭。

阿细却不同意,认为不公平。她说:"我给你们出一道题吧,你们不是偷看过我洗澡吗? 就以《水缸里的月亮》为题,依照你们的专长,各自给我写一首诗,画一幅画,唱一首歌。我中意你们哪个作品,就嫁给谁。"

考试招亲。

和尚偷偷把我拉到一旁,问:"我们是兄弟吗?"

"是,刎颈之交的兄弟。"

和尚继续道:"按照家庭条件,我们以后找老婆不难,只是小武……"

最后,阿细嫁给了小武。阿细说:"在小武的画里,我感受到了他的心,感受到了自己是他心目中的月亮女神。"

小武带阿细回贵州老家完婚后,就再也没有露面。和尚在外晃荡了几年,终于听从了做副市长的父亲的安排,回内地开了一家房地产公司。只有我,还在广州做老本行,不过地摊早升级成了一间门面不小的批发店。

月色妖媚之夜,我常伫立窗前,望着对面空空如也的楼顶,想起小武和阿细,想起和尚,想起"隧道三结义",想起月光下的那口水缸以及水缸里那个轻轻扭动的俏月亮。

原来你也在这里

张爱玲有一篇散文《爱》,短,却写得好,说有个女孩十五六岁,生得美,春天的晚上,穿一件月白色衫子,手扶桃花。有个对面住的年轻人,从未打过招呼的,走过来,轻轻说一声:"噢,你也在这里吗?"彼此也没再说什么,站了一会儿,各自走开。后来女孩历尽人生劫数,到老了还记得这一瞬间,记得那春夜,记得那桃花,还有那年轻人。

他读这篇文章时,正在周庄。妻子单位上组织旅游,他作为家属也一块来了。周庄的夜,静谧,温润。他百无聊赖,斜靠在客栈的床上,翻阅一本随身带来的散文选集。隔壁,妻子和几个同事吆喝喧天,麻将洗得哗哗地响。

张爱玲在文末大发感叹——于千万人之中遇见你所遇见的人。于千万年之中,时间的无涯的荒野里,没有早一步,也没有晚

一步,刚巧赶上了,那也没有别的话可说,唯有轻轻地问一声:
"噢,你也在这里吗?"这感叹,一字一句,于此时,于此地,也是没
有早一步,没有晚一步,刚巧赶上了他的心绪,让他无不动容伤
怀,唏嘘不已。他推开窗,默默地吸烟,想起了诸多往事。窗外,
月色溶溶,湖面如镜,薄雾氤氲里,有船家摇橹,梦境一样缓缓
驶过。

　　他突然想出去走走。

　　从客栈出来,他沿着河边的青石板路,晃晃悠悠,信步朝灯光
稠密的前方走去。街巷深处,麻石青幽,人声隐隐。他的影子,在
地上忽长忽短,童谣一样跳跃在黑瓦檐角下。半个多世纪过去
了,同样是春夜,同样是桃花盛开,在这远离都市喧嚣的水乡古
镇,会有那穿月白色衫子手扶桃花的女子吗? 还有那轻轻一声
问候。

　　身边偶尔有行人经过,稀疏,却俪影双双。他转悠了一会儿,
发现前面有一个背旅行包的女子踽踽独行,没有手扶桃花,却一
袭白裙,月白色,在月光下一晃一晃。他犹豫了一阵,撵了上去,
冲着那背影轻轻说一声:"噢,你也在这里吗?"

　　对方肩膀抖了一下,停住脚步回头看了看他,咧开嘴笑着问:
"大叔,你要想清楚哦,泡我很贵的!"

　　他异常窘迫,尤其是看到对方嘴里亮晃晃的钢丝牙套,惊悚
得什么都来不及想,扭头飞也似的逃跑了。我怎么能找"90后"
呢,小屁孩,天天沉迷网游,哪里会读张爱玲呀。他似乎不死心,
总结经验教训后,继续他的寻找。

　　前方灯火通明,隐隐传来丝竹管弦之声,还有绮丽悠长的昆
曲唱腔,咿咿呀呀,让他兴奋不已。原来是古戏台难见的夜场。

台下围了不少人，大多在忙着拍照合影，闹闹嚷嚷，全然不顾台上的悲欢离合。他听不懂吴侬软语，但还是静静地站在那里，感受着荡气回肠的爱情故事。前面一个穿白衣衫的女子，引起了他的注意。那女子身段曼妙，长发飘飘，非常专注的神情，促使他再一次鼓起勇气，在她身后轻轻说一声："噢，你也在这里吗？"

这次，逃跑的不是他，而是对方。那女子惊得猛一回头，连看都没看他，拔腿就跑。他正纳闷呢，前面一个老一点的女人攥着裤兜惊呼："我的包，我的钱包！"然后扬头四下里张望，发现白衣女子遁逃的身影，忙追了上去，一边追一边高喊："抓小偷，前面那个是小偷！"

台下顿时也成了一台戏。

这样的结局，让他深感无奈。我怎么会如此荒唐，三十而立了，还在为一篇文章在现实生活里对号入座。他的心里无比懊悔，禁不住喃喃自语。

如果不是和张爱玲笔下几乎一模一样的场景，他也许早死心了。只是，那桃花，那月白色衫子，在他认为没有早一步，也没有晚一步的时候刚巧出现，使他实在是无法抑制内心的狂喜，上演了今晚的第三次荒唐。

那是在街拐角，几个人刚从乌篷船上下来，一个穿月白色衫子的背影，长发披肩，率先站在岸边的码头上，手扶一株桃树，于朵朵粉红之下，示意同伴给其拍照。就在闪光灯一闪之时，他刚巧拐过街角，没有早一步，也没有晚一步，像上天恩赐一样撞见了。他感觉血直往脑门上涌，几乎连想都没想，大跨步奔了过去，在人家身后拍了拍肩，轻轻说一声："噢，你也在这里吗？"对方愣了一下，一回头，面对面地上下打量他，狐疑地问："我认识你吗?"就那一瞬间,他跳河的心都有了。他几乎是慌不择路,扭头就走,脚步凌乱——那长相,那声音,分明是一纯爷们。

他疾步走了几十米,看见三毛茶楼,像遇到大救星一样闪了进去。他擦了擦满头的大汗,惊魂未定地坐下,就着一杯阿婆茶和一份茶点拼盘,遥望窗外,让心绪慢慢安定下来。他感觉到了现实生活无情的嘲弄。一个有妇之夫,独自溜达在这春江花月夜的周庄,意欲何为?一场天亮说再见的艳遇?好像不是这么浮皮潦草。重温曾经人海中彼此的相望?似乎也没有那么纯洁。那么,你究竟想干什么呢?他,虚弱如泥,靠在二楼临窗的椅子上,痛苦地问自己。

就在这时,身后传来一个声音:"噢,原来你也在这里!"他心中蓦然一动,惊喜地回头去看,只见妻子领着她的那些牌友笑声朗朗,一边冲他打招呼,一边迈着猫步性感地走来。

虚　　构

矮哥是我朋友,人矮,难看不说,且胖,状如冬瓜。矮哥的老婆阿月,高挑俊俏,却瘦,形似竹竿。更让人诧异的是,阿月比矮哥小 15 岁。有一个经典的段子:阿月临产时,护士催着家属签字。矮哥屁颠屁颠地跑了过去。护士呵斥,爷爷不能签字,叫爸爸来。矮哥面红耳赤,难堪地解释道:"我就是爸爸。"这段子,很长时间,在朋友圈子里被传为笑谈。真不能责怪人家护士有眼无珠,矮哥和阿月手挽手走在大街上,确实不太般配,更别说是结发夫妻了。

我作为一个写小说的,对他们的故事很感兴趣,想探究一下当年的那些风花雪月。

我问矮哥。

矮哥说:"主要是缘分,缘分来了,门板都挡不住。那年,我37岁,一个人吊儿郎当的,在纸厂上班。一次傍晚下班后,在厂门口的小卖部打电话。中途,她也来了,也要打电话。她可能有急事,在我身后催了好几次。我当时心情不太好,见她那么着急,就故意为难她,长时间霸着电话机,到处找人海聊。她最后急了,一把夺过电话筒,嘴里骂上了。我是谁?我怕过谁?她这么张狂,我还不收拾她?我们两个人开始吵架,她骂不过我,就动手了。你别说,你嫂子当年不仅人漂亮,而且力气也不小,十几个回合,我才把她按翻在地,结结实实地修理了一顿。这事儿最后闹到了厂保卫科,我被责令写检查、罚款。我事后想想,觉得自己一个大老爷们挺不应该的,于是找她赔罪。找多了,就慢慢热乎上了。"

我羡慕地说:"这叫不打不相识。"矮哥嘿嘿地笑,补充道:"对,不是冤家不聚头。"

过后不久,我去矮哥家里,他不在,阿月在。我刚好无事,便坐在他家里和阿月闲聊。我旧文人式地感慨:"没想到每个人背后都有一个江湖,没想到你们也有激情燃烧的岁月。"

阿月哈哈大笑,说:"你呀,就喜欢听他胡说八道。谁和谁打架,扯起来像武侠小说里的神雕侠侣一样,还十几个回合呢,笑死人了。我在这儿无亲无故,老家山沟沟里穷得一塌糊涂,我找谁打电话?"

我惊讶不已:"那你们是怎么认识的?"

阿月皱了皱眉,说:"其实,我们是别人介绍的。你矮哥是本地户口,厂里的正式职工,又是工会副主席,我那时是外省来的一个山里妹,在厂里打杂。厂长见他一直单身,可怜呢,就好心撮合我们。我起初不太乐意,嫌他年纪大,人又矮,但又不好得罪厂长,一直含含糊糊没有表态。后来厂里刚好有一个转正的指标,厂长找到我,说只要我答应嫁给矮哥,就把指标给我。我思前想后,觉得他丑是丑了点,但人不坏,骨子里挺老实的,于是就答应下来了。"

原来是这么回事。我泄气了。风花雪月啊,对于居家过日子,永远是一种传说。

一年后,矮哥的大舅子,也就是阿月的哥哥从老家出来找工作,找到我,恳求帮忙。事情办妥后,阿月的哥哥出于感激,扛来一大堆山货,顺便在我办公室坐了一会儿。其间,聊起阿月,她哥哥激动地说:"胡扯,什么转正,想做城里人想疯了。她的户口,还有她小孩的户口,现在还挂在我那里,村里每年给她们分山地呢。"

我惊问:"那他们是怎么认识的?"

阿月的哥哥叹了口气,停顿了许久,眼里含着泪说:"现在想来,其实挺对不住我妹子的。她当时在外面打工,我父亲车祸,急需五万块钱动手术。你知道的,五万块钱对于我们这样的家庭来说是怎样一笔数字。迫于无奈,我妹子做出了一个惊人的决定,谁给五万块钱救我父亲,她就嫁给谁。那时,我妹子才22岁,黄花闺女呢,呜呜……"说着说着,阿月的哥哥动情地哭了。

我双手在脸上痛苦地搓了搓，说："你的意思是最后矮哥出了五万块钱，把你父亲救了？"

阿月的哥哥擦了擦眼泪，点了点头。

我问："阿月就心甘情愿？"

阿月的哥哥说："开始是不太乐意，但是钱已经花了，人已经救了，说过的话不能不算数。她别扭了一阵子，还是嫁了。"

我心里充满无限酸楚。我难以置信的是，那天阿月笑哈哈的背后，竟然藏着天大的委屈。这种委屈，让我难以释怀。当有一天，我把这个故事的前前后后讲给一个朋友听时，他的一番话，让我瞠目结舌。

朋友说："矮哥和阿月，只有我知道是怎么回事。什么五万块钱，我告诉你，阿月从小就是孤儿，父亲在她8岁就得肺结核死了。还车祸，阿月那里，与世隔绝，我怀疑很多老人一辈子都没见过车。再说了，矮哥就那点破工资，一个单身汉，花钱没有节制，哪里来的五万块钱？这不是天方夜谭嘛。我当时是纸厂的办公室主任，他们的情况，我最清楚。其实哩，这事儿，说复杂则复杂，说简单则简单。"

说到这里，朋友诡秘地笑笑，四周看了看，手挡在嘴边，贴着我的耳朵说："当初，阿月在我们总部做清洁工，被董事长看上了。肚子搞大后，董事长夫人知道了，哭哭啼啼，闹得满城风雨。董事长找到我们厂长，想火速灭了这场风波。我们厂长又找到我。我合计了半天，最后想到了矮哥。矮哥当时只有一个条件，先打胎，后结婚。"

我瞪大眼睛看着朋友，半天，犹犹豫豫地说："这不是潘金莲的现代版本吗？"

朋友撇着嘴说:"你以为是什么好货噻。"

一对平常的夫妻,只因为外表和年龄的差异,竟然演绎出了四个截然不同的版本,而且每个版本都是那么真实,那么具有可信度。我不敢再深究下去了,因为知道接下来肯定还会有第五个、第六个版本源源不断地涌来。

写到这里,我孱弱如泥,深感恐惧。妻子在一旁读完,笑道:"胡编乱造,瞎虚构。谁是矮哥?你的朋友圈里,有这号人吗?我怎么不认识。"她又摸了摸我的头,打趣道:"不会就是你自己吧?"

我得意地笑了。

杀　青

这是一个晚春的黄昏。

细雨蒙蒙中,你打一把黑雨伞,穿一件黑风衣,拖着一个黑色的皮箱,如一个墨点在雨里游动。你沉重的皮箱,在山路上发出咣啷咣啷的声响,让他产生一种恍惚感,恍惚二十年前的那个你回来了。

你站在他面前,第一句话是这样说的:"我在这儿出差,事情办完了,刚好有几天空,所以来看看你。"你说这话时,目光躲躲闪闪,躲躲闪闪里,一抬头,便撞见了他的目光。他正默默地注视着你,眼中是一泓如水的静谧。你问:"解释是不是有些多余?"

他说："好像是。"

你们相视一笑，很熟稔，毕竟你们曾经是那样的相识相知。

你和他的故事很凄美。在城里读高中时，你们就好上了，彼此都是初恋，把自己的第一次给了对方。当一切似乎天荒地老时，一纸大学录取通知书改变了你们的命运，最终你去了一所北方的财经大学，他则灰溜溜地回了山区的老家……

没来之前，你心中涌动着千言万语，想坐在他身边，一一说给他听。现在，面对面站着，你望着正在慢慢老去的彼此，发现自己心如止水，同时或多或少有些尴尬。他默默地接过你硕大的皮箱，还有一身疲惫的你。他似乎对生活中任何变故都处事不惊，包括你风筝般消失二十年后突如其来的造访。他平和地给你倒了一杯茶水，静静地看着你喝，眼里满是慈爱，好像你是他外出打工归来的孩子，或是他们家多年未走动的一门远房亲戚。

你想问："这么多年来，你还好吗？"但你最终还是没有出声。你望着这户与世隔绝的靠种茶为生的山里人家，目光濡湿，如潮。

他的妻子，对你很好。尽管你听不太懂她的山地方言，但你看得出，她的言语间，充满了对你的敬重和惊羡。她无法知晓山外世界的精彩以及精彩背后的无奈。她的敬重中透着一份平淡，惊羡中藏着一份淳朴。

心烦意乱了几天后，你终于安安静静地住了下来。

清晨，鸟声叽啾，你半躺在屋前的摇椅上喝茶。茶是绿茶，他家自制的春天头道绿茶，昨天还青青翠翠地挂在茶树上，今天却被泉水泡着。泉水呜咽里，茶叶尽情舒展开自己的身体，恣意行走，瞬间成了一个绿意盎然的春天。你小心翼翼地品着"春天"，痴痴地看着脚底下。你的脚底下，雾霭流动，一片片绿油油的茶园,梯田式伸展蔓延下去。

稀饭咸菜的早餐过后,山坡上茶香浮动,你打开带来的《瓦尔登湖》,在湿润的空气里,静静地读几页,累了,便窝在摇椅里眯一会儿。

山里的午后,每天会准时下一场细雨。细雨过后,你俨然成了一个农妇,扎一条蓝头巾,背一个茶篓,跟在他妻子身后,一起去采茶。茶叶采了多少不重要,重要的是你很快乐。你和他妻子有说有笑,像一对熟稔的姐妹。有时,他妻子会讲一些关于他的趣闻轶事,比如做代课老师时经常走错厕所,比如每次蹲在茅坑里不看报纸就拉不出屎来,比如为纠正镇政府门口的错别字和看门的老头儿吵架。你微笑地听着,眼里泪光闪动。他对妻子的"揭发"不恼,也不制止,憨厚地笑着,仿佛在听别人的故事。

鲜嫩的茶叶采摘回来后,得抓紧时间制作。女人蹲在灶前烧火,男人则把茶叶倒在铁锅里,双手不停地上下翻炒,时疾时缓,时轻时重,非常美妙,如同在弹奏一架钢琴。

"这是杀青吧?"你问他。他惊讶地看着你,点点头,说:"嗯,茶叶制作一般是三个过程:杀青、揉捻、干燥。"

你说:"我知道,我小时候看过。"你还说:"我是偷偷看的,因为我们那里忌讳未婚女子看这个。"

他停止手里的活儿,怔了一下,问:"为什么?"

你说:"我也不知道。但我估计,也许老一辈认为茶叶的制作过程,就是一个女人一生的写照吧。"

他支吾了半天,红着脸说:"按照你的解释,杀青是一个女子的新婚之夜,是一个女人成长的那一刹那?"

你的眼里湿了,认真地点了点头。你别转脸看着窗外,努力不去回忆你和他的第一次,还有当年学校后面的那片小树林。

他沉默着,双手加快了翻炒的速度。高温下,茶叶失去水分后,抑制发酵,慢慢柔软下来,蜷缩在一起,灯光下,泛着黄绿的光泽。

没几天,你也学会了这门技艺。每次,你揉捻着茶叶,看它们在你手里一片片痉挛,一片片柔软,你一脸庄重,眼里满是泪水。

半个月后,你再一次拖着那只沉重的皮箱,告别了他,还有他的家人。走的时候,你对他说:"我真傻。"他微笑地看着你,目光里充满赞许。

你回去后的第一件事,就是找到单位的领导,当面打开那只皮箱,一脸轻松地说:"所有的钱都在这里……"

喊　　楼

火红的烛光,映红了每一张年轻的笑脸。

在一片口哨和尖叫声中,男生们手挽手,对楼上的女生齐声高喊:"我爱你!"女生们在宿舍走廊上手摇荧光棒,集体回应:"我也爱你!"

顿时,楼上楼下泪水涟涟。楼上的女生也不甘示弱,挂出了不少标语:"姐轻轻地走了,不带走一个爷们""听娘的话,早点生娃""刘家有女待售"等等,五颜六色,在夜风中经幡般飘舞。

一阵疯狂的互喊后,这些大四的男生女生聚集到一起,浩浩荡荡，一路高歌，来到大三师妹的宿舍楼下，继续喊楼，而大三女生们则在楼上哭喊不止："师兄师姐不要走！"

至此，在毕业离校前的晚上，整个大学校园沸腾了。

有不少男生会抓住这天赐的良机，向心仪的女生发动温情攻势。通常是抱一把吉他，瘦猴一般，在她楼下手舞足蹈，开个人演唱会。《对面的女孩看过来》《热情的沙漠》《老鼠爱大米》等歌曲轮番上阵，还不时篡改歌词，把自己的爱意加进去，惹得周围好几栋楼的女生一片欢呼。那女生如果不太乐意，会在走廊里唱《朋友》作为回应，唱完，跑下楼互赠礼物依依惜别。如果那女生正有此意，那就好玩了，她会招呼室友像做接力赛一样，将一盆盆水泼下去，直至把对方浇成落汤鸡。据说泼得越多，就爱得越多。

女生里面，有喊楼求爱的吗？少，但也有。谁呀？安红。

安红是外语系的。她对同一届中文系的赵小帅暗恋已久。赵小帅能写一手好诗，作品经常在各大报刊发表，还频频获奖，在校园里名气震天。赵小帅心气孤傲，对安红的一片芳心浑然不知。而安红，性格内向，在赵小帅面前一直羞于启齿。今晚是最后一次机会了，天一亮，大家就要各奔东西。听着窗外暴雨一般的喊楼声，安红坐立不安。她真急了。这次错过，便是永远地错过，无论结果如何，一定要给自己一个答案。安红决定豁出去了。

赵小帅是那种不屑于参加群体活动的人。整个男生宿舍楼空荡荡的，只有他独自坐在窗前奋笔疾书，用诗歌消解自己的离愁别绪。这时，他听到楼下有女生带着哭腔的喊声："赵小帅，我爱你！赵小帅，我要嫁给你！"

赵小帅猫着腰，躲在走廊的角落里，探身向下望去：一个女生孤零零地站在地面上,怀里捧着一束玫瑰花,正哭得稀里哗啦。赵小帅认识安红,不就是那个一见到自己就面红耳赤、慌不择路的文学社女生吗?赵小帅笑了,低声嘀咕了一句"野百合也有春天",然后回到书桌前,继续写他的离愁别绪。

楼下那个声音不绝于耳,且越来越热烈。

赵小帅皱着眉头想了想,找来一张大报纸,在上面用毛笔写了四个大字"后会有妻",然后用图钉把报纸钉在将要扔弃的草席上。就在他端着草席出门时,突然意识到不妥,面对这样痴情的女生,应该快刀斩乱麻,不要给对方任何一点念想的空间,否则会误了人家一辈子。当然,最好不要去伤害人家的自尊心,要给她台阶下。赵小帅不愧为诗人,他稍一思考,在"会"字旁边加了一个竖心旁,又在"会"字上涂抹了几下,一个有些别扭的"悔"字便跃然纸上。

赵小帅把"后悔有妻"的草席挂了出去,不一会儿,楼下就变得悄无声息。

事情至此,并没有结束。五年后,一帮那一届毕业的大学生,张罗了一个大型的同学聚会。酒席上,赵小帅见到了阔别已久的安红。安红在深圳一家外贸公司任副总,有房有车,事业如日中天。安红不愧是见过大世面的,推杯换盏间,谈笑风生,光彩袭人,很快就成了整个大厅的焦点。

安红见到赵小帅时,非常热情,还象征性地拥抱了一下。赵小帅接过安红递过来的名片,装着漫不经心地瞄了几眼,一想到自己的名片上还赫然印着中学年级组长的头衔,便不好意思往外掏了。安红说:"大诗人,现在还写诗吗?"

赵小帅支支吾吾道:"有时喝醉了也写一点点。"

安红认真打量了一番赵小帅后，笑哈哈地说："现在想起来挺搞笑的，当年我还对你喊楼呢。"

赵小帅感觉被刺了一下，安红打哈哈的表情让他心里莫名地难受。他牙疼般捂着腮帮子，目光躲躲闪闪，故意说："那都是年少时的不懂事，你不说，我都忘了。"

"啧啧，那时真单纯啊。"安红说着，一边摇头表示不可思议，一边看见别人向她打招呼"安总"，便满面春风地迎了上去。

饭后话别时，赵小帅递给安红一张名片。安红接过来一看，正是自己刚才给他的名片。名片反面，多了五个端端正正的钢笔字：不后悔有妻。

那 些 花 儿

引 子

街上，空荡无人，灯火潦草。

对面楼层飘来一片笑声，银铃般悦耳，在午夜深处荡漾开来。我坐在黑暗里，不由想起那些花儿，在生命经过的每一个角落，静静地为我开放……

一

蓉蓉和我屋前屋后，同班同桌。

那时,她常穿一条花裙子,蝴蝶一样在我面前晃呀晃,晃得我心里灌了蜜。每天放学后,我们都会围在她家的茶几旁写作业。望着我和她凑在一起的身影,我们的母亲总是抿着嘴喜滋滋地笑。

有一次全校考试,我排第一,她第二。班主任正表扬着我们,高个子的狗蛋在后排嘀咕:"优异啥啊,老婆抄老公的,不害臊!"声音不大,全班却听得一清二楚。我们臊得低下了头。

她再也不理我了。我们的桌上,多了一道用粉笔划的"三八线"。

不久,她全家搬走,随父亲进了城。

多年后,我在她家楼下徘徊,徘徊了半天,一地烟头后,还是走了。

二

小学五年级时,我的语文老师结婚,嫁给了村主任的儿子。

新婚之夜,"砰"的一声,她家的玻璃被人用石头砸碎了,紧接着是一阵慌乱逃离的脚步声。

没人知道,那晚,我坐在村后的夏阳河堤上,凛冽的寒风里,呜呜地哭个不止。甚至,我想过跳河自杀这个伟大的壮举。

更没人知道,那晚的后来,她披着一件单薄的衣服,把我拥在怀里,轻轻地拍着我的肩,说:"好了,好了,别哭了。孩子,你还小……"

三

明亮的日光灯下,晚自习,大家都在温习功课,聚精会神,准备迎接中考。

她的脚,从后面无声地伸了过来,蛇一般缠绕在我的脚上。一双玉脂般性感的脚,在我的脚面上摩挲不止,像一个电插头,传递着她每一寸肌肤的温度和芳香。我全身汗涔涔的,不敢动弹,心神晃荡。

第一晚这样,第二晚这样,第三晚也是如此,持续一个礼拜后,我请求老师调了个座位。我说我看不清黑板上的粉笔字。

第二天,她主动退学离校。

我读高一时,听说她结婚了。对象我认识,一个因偷米而被学校勒令开除的同班同学。

四

那年,雪好大,覆盖了整个北京城。

一家旅馆冰冷的地下室里,我躺在一堆破棉絮里饿得奄奄一息。一个陌生的胖女孩,手里举着十块钱,天使般敲开了我的房门。

那年,萝卜一毛五一斤,清甜得很。

五

我们相约将六天当一生过。过完,转身即路人。

整整六天,我们躺在塞北那个滴水成冰的小城,赤身裸体地拥在一起,像老夫老妻一样。有时我想了,她不同意,有时她想了,我则不敢。更多的时候,我们只是相互静静地看着,仿佛要把对方看到枯黄至老。

六天,还没剪去长发的我和长发飘逸的她,挥霍完了一生的幸福。

从此，爱情死了。

六

那一夜，对她来说，也许只是一瞬间，对我却是永远。

那一夜，是除夕，鞭炮声如潮，在广州城中村的上空炸开，炸得人心里发慌。我和她，仅因为是住隔壁，两个陌生的异乡人坐在草席上喝酒，喝得抱头痛哭。

最后，她钻到我的怀里。我的第一次就这样稀里糊涂地没了。

至今，我依然记得她有一双黑亮的眸子，在华灯初上的小巷口闪着。大家叫她"小四川"。

七

我剃了个光头。每天，无所事事，端着一架望远镜，躲在窗后窥视整个世界——

斜对面十六楼右侧的一个卫生间，没有百叶窗，无遮无掩，一个雪白的青春胴体，在花洒下不停地扭来扭去。我不断变换方向调整角度。那扇窗，是我快乐奔涌的源泉。

世界，在融融的阳光下，鲜花怒放。

隔着不到一百米的距离，我们像两只软体动物，分别抚摸着自己软绵绵的身体……当我再一次举起望远镜时，吓了一大跳——她正举着望远镜在望我。

以后，我们每天准时出现在窗口，像幽会一样，通过两架望远镜对话。时间长了，她涂什么牌子的口红，穿什么颜色的内裤，我了如指掌。当然,偶尔还会出现一个香港老头。

直到我搬走的那天,大半年了,我们都没有上门去打扰过对方,更没有过零距离的亲密接触。

八

遇到她,是在夜总会。一堆花姑娘中间,只看了她一眼,便把魂丢了。

在我强大的攻势下,终于,我们住在了一块儿。每一个黑夜与清晨的交接处,暴风骤雨中,我们疯狂地用身体写诗。

半年后,我一贫如洗。

九

我说:"我们离婚吧,谢谢你陪我走过的三年。"

她点了点头。

某个台风越境的夜晚,我收拾残缺的心情时,终于读懂了她离去时的背影——微笑地哼着歌,同时泪流满面。

十

从一张床到另一张床,马不停蹄。周游列国,南下北上,会见各个省份各个民族的 MM 网友,是我很长一段时间里的快活。

沧海桑田,烟消云散后,只有她还活在我心里。每次,她总是蜷在床角,猫一样安静,默默地注视着我的残忍,以及残忍背后的谎话连篇。

有一天,她发了条信息给我:"哥,娶我吧!五年了,你该歇歇了。"

一声"哥",让我哭了。

后　　记

今天,是我三十五岁的生日。屋子里,黑暗一片,到处弥漫着死亡的气息。

我坐在墙角,拼命地抽着烟,盯着空荡荡的街头,痛苦地想:"今夜,她们在哪儿? 还好吧? 老了吗?"

爱情练习曲

在一堂大三的写作课上,教授开门见山地说:"标点符号运用草率,是当下写作的通病。我们写小说,标点符号一旦运用不恰当,便容易引起歧义,甚至会闹出许多笑话。"

讲台底下一片骚动。

教授咳嗽了一声,示意大家安静,接着说:如果大家觉得我的话言过其实,我们不妨拿出一个小说片段来练习一下——

认识小鱼,正是冬天最寒冷的一天。我和小鱼手牵手,在大街上漫无目的地溜达,彼此冻得瑟瑟发抖。那时,我刚参加工作,微薄的薪水,加上自己消费毫无节制,临近岁末年关,兜里只剩下25块钱。

她的手,像一尾小鱼游在我的掌心,光滑,冰凉。我裹了裹单薄的大衣,吸溜着鼻涕,问:"你冷吗?"小鱼抽回手,双手握在一起，在嘴边呵着气，说："我饿。"

我这才意识到我们俩到现在还没吃晚饭呢。我摸了摸兜里的钱，微笑道："你想吃什么，尽管说，我要好好犒劳你。"小鱼嘟着嘴说："我好久没吃火锅了，但是现在最馋嘴的是烤鸭。"

我笑了。我知道小鱼的心思。前面不远处，拐过两条街，便是灯火辉煌的夜市，那里有著名的东来顺羊肉火锅，还有全聚德烤鸭。小鱼此时还是个大三的学生，很显然，我是她眼里的一头羔羊或者一只肥鸭。

我拉着小鱼的手，七绕八拐，钻进了小胡同，最后钻进了一家昏黄的抻面馆。抻面馆只卖牛肉面，2 块钱一海碗，山一样的抻面上，搁浅着两三片纸一样薄的牛肉。我是这家店的常客。我知道，小鱼就算再饿，敞开吃，了不起两碗，不至于让我"山穷水尽"。

那天，小鱼真的吃了两碗，非常豪放。吃完后，身上热乎多了。我们牵着手走在大街上，边走边唱，有时奶声奶气地唱童谣，有时粗声破嗓吼黄土高坡，有时学警察叔叔指挥交通，快乐得像一对疯子。

最后，来到了她的校门口，她突然不吭声，目光热热地看着我，一下扑入我的怀里，将冻得红彤彤的脸蛋贴在我的胸口，悄声问："你爱我吗？"

——教授口述到这里，打住了。他在黑板上写下九个大字"我抱着她说我不知道"。然后，对大家说："在作品里面，接下来是这句话，而且独立成段。现在，我分别请 A、B、C 三位男同学为这句话加上标点符号。"

三分钟后，在一片叽叽喳喳的议论声中，教授收到三种完全

不同的答案:

A 答:我抱着她,说,我……不知道。

B 答:我,抱着她说,我不知道。

C 答:我抱着,她说我不知道。

教授把这些答案抄在黑板上,认真瞧了一会儿,说:"请同学们思考一下,为什么同样一句话,仅仅是标点符号的不同,却意外塑造了三种截然不同的人物形象?"

底下鸦雀无声。

那是教授给大家上的第一堂课,别开生面的授课方式,给全班每一个同学留下了深刻的印象。

去年夏天,是他们大学毕业十周年的纪念日,大家在一家五星级酒店欢聚一堂。教授作为当年的任课老师,也在被邀请之列。其间,教授特意打听了 A、B、C 三位男同学的爱情现状,分别如下:

A 参加工作后,和本校一个小师妹谈恋爱,几年后结婚生子。小两口目前生活在南方,幸福美满。

B 成了结婚专业户,目前已经举行过五次婚礼,且新娘一个比一个年轻漂亮。现任夫人是一个模特,小他 13 岁。

C 出生于农村,被父母指腹为婚。对方初中尚未毕业,就辍学在家,靠养猪自力更生。让人大跌眼镜的是,C 和那养猪的女子结婚成家后,长期两地分居。

那天的酒席上,大家回忆起那堂有关标点符号的写作课,对人物的命运唏嘘感慨。突然,A 问教授:"您当年口述的那篇作品,接下来的故事情节是怎样的?"

教授说:"你真想知道?"

“嗯。”

教授清了清嗓子，说：“接下来是这样的——第二天，起床后，我习惯性地去胡同口吃早点，却发现兜里无端地多了100块钱……”

还没等教授朗诵完，A和他的小师妹即夫人热烈地拥抱在一起，甜蜜地笑了。

寻找花木兰

我在海口的那年，决定娶花木兰为妻。

花木兰大我一岁，是我一个拐了很多弯的亲戚。乡下人就这样，随便追究一下，顺着藤蔓能牵出瓜，十里八村都是亲戚。花木兰和我也是这样，尽管我从没见过她。

花木兰随父习武多年，两三个男人近不了身。说这话是有事实根据的。一天深夜，同样混在海口的她，在红城湖边摆地摊儿，卖些女人的内衣内裤，临到收摊时，受到三个当地烂仔的调戏。结果，一个被踹入湖里，一个倒在地上直哼哼，一个钻进小巷落荒而逃。事后，有好心的老乡劝她早早离开此地，烂仔人多势众，惹不起！花木兰冷笑，怕什么？再来十个照样打得他们屁滚尿流。

我猜想她说此话时一定是英姿飒爽，气吞山河。因为我已经深深地迷上了她，认为她是个奇女子。这个奇女子的家里人一天一个电话追到海口，催她早日成家，但她就是不肯就范，说天下没有任何男子能配得上她。

靠,我就配得上你! 我说这话,是有信心可以降住这匹烈马的。同为老乡,又是亲戚,且同在天涯,这样心高气傲的女子,怎容错过? 于是托人说媒。

好一阵,媒人回话,说刚刚订婚了。

我目瞪口呆。再问,说是她父亲身患肝癌,晚期,临死前逼她成家,否则绝不闭眼。花木兰把房门关了三天后,潦草地找了个人火速订婚,赶在她父亲死前一个礼拜,嫁了。

呵呵,关于我和她的风花雪月消失了,永远停留在十年前那个让我伤心的下午。

我真正见到花木兰是在去年。

一切面目全非。我不忍心使用太多的形容词来糟践她。在她身上,我完全看不到当年那个奇女子在海口勇斗三个烂仔的风采,生活的磨砺,让她和平常的农村大嫂没有任何区别。她一脸菜色,目光空洞,和旁人一样,惊羡地看着我这个所谓的"成功人士",同时嘴里说些肉麻的话,说发了财别忘了她这个穷亲戚。

我笑着说起自己当年在海口对她的心意。她也笑,打趣说自己没有那个命。她一脸的苦涩。

我禁不住在内心检讨自己的残忍。

她老公是个极为懦弱的男人,在他弟弟的庇护下,在东莞一个工业区惨淡地经营着一个十几平方米的鞋店。至于夫妻间的感情,想来和普天下的芸芸众生一样平淡无奇。

生活真不如意! 当我坐在老罗操场一般空旷的办公室里,依然感叹不止。老罗听着我的絮絮叨叨,眼睛一亮,问:"身手这么厉害? 我这里需要。"

老罗是我的狐朋狗友，管理着一家三千来号人的集团公司，财大气粗。我问："你准备开多少工资？"

"无所谓，只要有真本事。"

"这我真不知道，事情过去这么多年，她现在已经是三个孩子的妈了。"

老罗沉吟了一会儿，叫来保安队长和两个棒小伙，耳语了一番。保安队长有些为难。老罗喝道："怕什么，出了事我兜着，又不是叫你们去杀人放火！"

保安队长他们唯唯诺诺地领命而去。

一个小时后，他们兴高采烈地回来了，每人脚上晃着一双油光锃亮的新皮鞋。他们说找了三双烂皮鞋往花木兰面前一丢，嚷嚷要赔鞋，否则就砸店。花木兰老老实实地赔了。老罗得意地看着我，揶揄道："你净吹牛！"我急了，面红耳赤地以人格担保自己没有说谎。

老罗笑了，对保安队长说："你们再去一次，带上三双烂鞋，就说刚穿上又坏了，找借口动动手。"

又是一个小时后，三人鼻青脸肿地回来了，惊呼那女的太厉害了，我们仨都不是她的对手。还说那女的站在街上咆哮，我花木兰忍了多年，今天不忍了！

现在轮到我得意了。老罗挠了挠头，说："人才啊，难得！我们明天亲自去请她，多少钱都行。"

第二天上午，老罗带着我，牛气哄哄地开着他的大奔，来到花木兰的店里，发现已经是人去店空。左右邻居说，昨天有三个烂仔来闹事，被花木兰打了，花木兰怕遭报复，连夜搬走了……

怀抱一棵树的女人

　　忧郁——无数次遇到这个词,作为一个作家,既没读错,也没用错,但上个星期天坐在一辆开往中央大街的巴士上,我却像是第一次认识它。

　　那天,我从父母家里出来,坐巴士回自己的小家,心情很不好——从一进门,父母就在耳边不停地唠叨:"不能天天光顾着瞎写,该找个人嫁了,和你同龄的,孩子上小学的一大把,你说,你对得起谁呀!"唉,人活着真没劲,三十岁了,连自己的生活都掌控不了。就在我自认为无比忧郁时,看见了一个女人。

　　这个女人,没有化妆,极为朴素,外面却非常庄重地穿了一件呢子风衣。风衣的颜色,不是鲜艳欲滴的大红大紫,不是富丽奢华的杏黄或者纯洁优雅的雪白,也不是乌鸦般哀伤诡异的墨黑,而是耐人寻味的浅灰,浅到平常,灰到精致,也如她骨子里的忧郁。最让人震惊的是,她的怀里抱着一棵树,一棵盆栽的桂花树,半米高左右,枝叶茂盛,外形一般。这树被栽在一个简陋的瓦盆中,枝繁叶茂,却无法惹人喜欢。是的,它既不携带吉庆,也不彰显富贵,让人很容易忘记它以后会盛开灿若繁星的花朵,散发满院氤氲的清香。

　　当时,公交车上的人不是很多,她完全可以把树放在脚边,但她还是选择抱在怀里,不辞辛苦。而事实上,她看起来毫不吃力,像抱一束花，静静地站在我的面前，静静地看着窗外。车是新车，窗玻璃很好地挡住了阳光，也挡住了寒风，似乎把一车人隔离开来，让我们可以对车外的世界视而不见，或者眼神漠然。她好像不是这样。她的眼神，似乎停留在世界的尽头，不热情，也不空洞，自始至终，弥漫着一团雾气，蒙蒙的，融融的，类似清晨湖面上的那种，久久挥之不去。

她是如此不快乐，但没人有足够的理由去同情她，安慰她，因为她的不快乐，不是难以抑制的河流般巨大的悲伤，也不是漂浮在池塘上的小伤感，而是深入骨髓的一种高贵的情绪。这种情绪，内敛而不张扬，但还是像湖水一样溢了出来，无遮无拦，在空气中迅速蔓延扩散，让周遭的气氛相形见绌，纷纷闭上嘴巴，变得宁静而丰富起来，仿佛窗外是一个苦雨飘摇、雨打残荷的秋日黄昏。这种情绪，似曾相识，我想了很久，想起了那首号称"魔鬼在召唤"的匈牙利音乐作品 *Gloomy Sunday*，对，Gloomy，翻译成中文叫忧郁。

眼前的这个女人，她的忧郁，犹如 *Gloomy Sunday*，我先是被感染，再是被传染，最后像是一跤跌入夜色中一样，深深地被吞没了，把我变成另一个我，只知道两条腿机械地跟在她身后，和她一起下车，一起穿过两条街道，一起右拐一百多米，一起停在一家园林式的酒店门口。

酒店的草坪上正在举行一场盛大的西式婚礼，我们到的时候，新人入场仪式刚刚开始。优美舒缓的音乐声里，前面有两个手持花篮的花童，一路将花瓣洒在红地毯上，一个穿燕尾服的中年男人，左手挽着一袭拖地白婚纱裙的新娘，在一群人的簇拥下，缓缓地向婚礼台走去。我一看这场景，立刻明白了事情的来龙去脉。这个女人真不简单,作为一个婚姻的失败者,她保留了该有的尊严,没有给前夫送来鲜花和虚伪的祝福,也没有学电视里演的那样,请一帮人扛几个花圈敲锣打鼓地去闹事。她是输了,但输得起,没有偷偷地躲在家里哭泣,而是光明正大地来了,穿一件浅灰色的呢子风衣,怀抱一棵树忧郁地来了。

剩下的情节,和我想象的一模一样。我之所以想象,也许是忧郁的基因在发酵,让我看到了自己的未来,无论我是人群里的新娘,还是人群外的她,都希望双方好聚好散,有一个美好的结局,就会有一个美好的开始。是的,她和我想象的一模一样,没有搅局,没有让我失望。

她怀里抱着一棵树,朝草坪中心那帮黑压压的人影扑去,不好意思,是走去。她的出现,引起了巨大的骚动,但很快变得安静下来,大家宛如一个个木桩样杵在那里,惊惶不安地注视着她的一举一动。她没有虚伪地笑,也没有悲伤地哭,而是独自踏上红地毯,款款地,在一片鸦雀无声中向婚礼台走去。她的眼神,似乎停留在世界的尽头,不热情,也不空洞,自始至终,弥漫着一团雾气,蒙蒙的,融融的,类似清晨湖面上的那种,久久挥之不去。

她走到婚礼台前,把怀里的树递给新郎,又看了看新娘,含蓄地笑了一下,然后转身,沿着刚才的红地毯离去,从头到尾,没有说一句话。她走出酒店,走到大街上,越走越轻松,越走越快,以至于我没跟多远,就被甩了。

上苍保佑吃完了饭的人民

有钱人张大炮喝完早茶,溜达在大街上,心情很不错。年底了,手下工人放假回家,忙了一年的他,难得这样无所事事,又轻松愉悦。

一条不长的街,不时有熟人和张大炮打招呼。张大炮叼着竹牙签,腆着一个肥嘟嘟的肚子,频频地向打招呼的人点头示意。他慢慢悠悠地转着,像在巡视他手下的工厂,街上的行人以及街两边的店铺,似乎就是他那条德国进口的流水线上正在加工的产品。

张大炮转了几圈,心满意足地回到车里,掏出手机找人。中午去哪儿吃饭,和谁一起? 这是很多有钱人每天都要面对的一道思考题。张大炮浏览着手机里的电话号码,好一会儿,痛苦地摇了摇头,把手机摔在副驾驶座上,点燃一支烟,转头去看车窗外的人来人往。

平日里忙得像陀螺一样的张大炮,今天突然松懈下来,坐在街边豪华的车里,闷闷地抽着烟,有点不知所措。

一个骑自行车的女子从车前一闪而过,让张大炮眼前一亮。这女子身材窈窕,一袭白色的运动装,一条乌黑的马尾辫在身后晃来晃去,晃得张大炮找到了初恋的感觉。张大炮轻踩油门,偷偷地跟在那女子身后。

那女子茫然不知身后的跟踪者,晃晃悠悠地踩着单车,穿过两条大街,只身进了一家健身俱乐部。张大炮停好车,疾步跟了进去。有服务生在入口处拦住张大炮,礼貌地问:"先生,您好,您找谁?"

张大炮支吾了半天,说:"我想健身。"

钱倒是不多。张大炮花了八十块钱,填了两份表格,办了一张临时卡,换上了俱乐部提供的短衣短裤。偌大的健身房,只有他和那女子两个人。张大炮怀着激动的心情奔了过去。仅仅几秒钟,也就是说一瞬间,张大炮便有了想抽自己嘴巴子的冲动——那女子的背影确实很迷人,给人无限遐想,正面的相貌却倒人胃口,简直让人想自卫。那女子四十多岁,满脸雀斑,却异常开心,估计是刚刚升级做外婆了。张大炮心里骂道,上帝真缺德,一大早就这样忽悠老子。

既然来了,就干脆练练吧。张大炮离那"外婆"远远的,在跑步机上开始卖力气了。有多长时间没这样锻炼了,张大炮自己也说不清楚。偶尔,和朋友谈起健身运动,他就自嘲,睡觉是现在唯一的运动。说完,骄傲地笑笑。多年来的胡吃海喝,帮张大炮攒下了一身的肥膘。很快,他身上开始冒汗了,慢慢地,汗如雨下。那汗珠,油腻腻的,分不清是汗水还是油脂。

坚持,再坚持。坚持了十几分钟,张大炮感觉天旋地转,腿肚子直抽筋。不跑了,再跑,说不定这条老命搭这儿了。张大炮原地歇了老半天,喝了几杯水,彻底缓了过来,便起身去蒸气室。整个蒸气室一片冰凉。吼了半天,来了一个经理。经理是个女的,一脸歉意地解释,年底了,不少员工放假回家了,人手不够,加上上午健身的人一般很少,所以没开蒸气室,非常抱歉。

张大炮挥挥手说:"算了,我冲凉吧。"

经理局促不安地说:"现在还没有热水,锅炉正在烧呢,您得等四十分钟。"

张大炮一听,生气了,再细看那经理,居然是自己跟踪的那个"外婆"。张大炮彻底愤怒了,抓起桌上的一个玻璃杯,狠狠地砸在地上,骂道:"开什么玩笑,你信不信,老子把你这里给端了!"

"外婆"战战兢兢,鸡啄米一样点头哈腰,嘴里不停地说对不起。骂了半天的张大炮,最终还是没辙儿,穿上自己的衣服,悻悻地离开了俱乐部。

开车行驶在大街上,张大炮感觉浑身黏糊糊的,到处痒得难受,总忍不住想去挠,一挠,指甲缝里便塞满了黑黑的泥垢,恶心死了。

路过一家五星级酒店门口,张大炮没有丝毫犹豫,直接把车开进了地下停车场。他决定开一间房好好地泡个澡。临关车门时,他突然想起车上还有一箱法国红酒,一共六瓶,是前段时间一个台湾客户送的。泡个热水澡,喝点红酒,好好犒劳犒劳自己,这个主意肯定不错。张大炮提着一瓶红酒进房时,心情好了许多。

有钱真好。有钱人张大炮舒舒服服地泡了个热水澡,浑身清爽后,从一个包装精美的木匣子里取出那瓶价值不菲的法国红酒,自斟自饮,喝了个精光,然后把自己埋在松软宽大的被褥里,美美地睡着了。

黄昏时,张大炮那辆豪华的小车再一次停在街边。他彻底忘了自己上午在健身俱乐部所发生的不愉快。晚上去哪儿吃饭,和谁一起?面对这道思考题,张大炮浏览着手机里的电话号码,好一会儿,痛苦地摇了摇头,把手机摔在副驾驶座上,点燃一支烟,转头去看车窗外的人来人往。

相关链接：【本报讯】昨日，在本市某五星级酒店员工宿舍里，发生了一件凶杀案。客房部女服务员张小珍被人用重物击打头部，倒在血泊中，经市人民医院紧急抢救无效身亡。案发后，该酒店客房部女服务员张小芳投案自首。警方透露，犯罪嫌疑人张小芳和死者张小珍属于同一村的老乡，一块长大，并同时被该酒店录用。两人一直以姐妹相称，感情尚好。据张小芳交代，案发时，她和死者是为争抢酒店客人遗弃的一个法国红酒木匣子而发生肢体冲突。张小芳一时情绪失控，用锤子击打死者头部……

好大一棵树

母亲去世十年后的那个清明节，我和父亲还有弟弟回到了久别的故乡，也就是那座小县城，去寻她的坟。

母亲去得突然，四十出头，便倒在她和父亲所在的造纸厂的车间里。那天是 4 月 15 日，还有两个来月，我就要参加高考。父亲犹豫再三，还是告诉了我。父亲指着饭桌上一个黑漆漆的骨灰盒，对我和弟弟说："你妈在里头。"说完，看也不看我们，扭头出去，一屁股坐在门槛上，默默地抽烟，任凭我和弟弟在他身后哭得死去活来。

母亲的坟，说坟也不是坟。我们全家，除了造纸厂分发的两间低矮潮湿的平房，便上无片瓦，下无寸地。母亲葬在哪里，还真是个问题。父亲袖着手在外面寻摸了一天,回来等天黑严实了,重新领着我和弟弟出了门。黑乎乎的山道上,没有月亮,也没有星星,父亲扛着铁锹,打着手电筒像萤火虫般在前面引路,我怀里捧着母亲的骨灰盒跟在他身后,再后面是紧紧拽着我衣角的弟弟。我们三个人做贼一样,蹑手蹑脚,悄悄地上了县城西郊的观音山。观音山是一座孤山,树木葳蕤,山虽不高,却能俯视整个县城。观音山的北面有一条人迹罕至的山路,翻过山顶,到了南面的半山腰,衍生出一个岔路口,往左是回县城,往右是去造纸厂的一条小路。父亲在岔路口站立了一会儿,带领我们往左走了下去。走了两百步,父亲指了指路边,叹了口气,说:"就这里吧。"

一个小时后,母亲的骨灰盒,被我们安葬在一个小土包下面。父亲生怕别人发现,特意弄了一些草皮盖在新土上,还移栽了两棵小树侍立两旁作为记号。临下山时,我们三个人站在母亲的坟前,望着山脚下的一城灯火,神情漠然,彼此都不知道该说些什么。最后,父亲指着遥远的南方,说:"这样也好,以后你妈每天都可以看见我们了。"

如父亲所愿,我总算为他争了口气,被南方一所大学录取了。父亲也因为母亲的早逝而忧心忡忡,执意要离开造纸厂这个污染严重的伤心之地,带着弟弟南下去打工。也就是说,我们全家搬离了这座县城,从此故乡变异乡。走的那天,父亲独自去母亲的坟前坐了半晌,回来时,我感觉他一下子苍老了许多。望着魂不守舍的父亲,我装着没心没肺的样子,把锁匙交还给单位上来接管的人,对父亲说:"走吧,此地不留爷,自有留爷处,天下之大,何愁没有家!"

母亲的离去,对于我们这样一个家庭来说,是巨大的灾难和难以言说的悲恸。十年间，我们三个人聚在一起，从不敢谈起母亲，甚至连她的照片也刻意地藏了起来。就像一个难以愈合的伤疤，夜夜隐隐作痛，却被我们不约而同地捂了个严严实实，谁也不愿意去揭开它。是的，如果不是因为父亲刚刚被医院查出肝癌晚期，没人会主动提出去寻她的坟。

可是，坟没有了。我们回到县城是日暮时分，和上次一样，沿着观音山北面的那条山路上了山，翻过山顶，等来到山南面的那个岔路口时，不由惊呆了。岔路口的右边，依旧是树木葱茏，依旧是那条羊肠小道蜿蜒而下，依旧是造纸厂五颜六色的污水在山脚下的小河里肆意流淌。岔路口的左边，别说两百步，就在不到一百步的地方，那条拐下去的小山路硬生生地被一圈围墙截成了断头路。围墙里面，搅拌机轰鸣，工人们紧张忙碌，一栋栋别墅在一堆堆凌乱的钢筋水泥中张牙舞爪。父亲惊得张了张口，想说什么却说不出来，最后一只手捂住心口，浑身抽搐，痛苦地蹲了下去。我和弟弟顿时醒悟过来，忙跑过去一把搀住他，"爸，爸，您怎么啦？"

好一会儿，父亲才缓过一口气来，手指着围墙里面，抽泣着说："你妈的坟……"

"我妈的坟……"我脑海里高速运转着，惶然四处张望。突然，我指着岔路口的右边，急中生智地说："我妈的坟不是在那里吗？您，您记错了呢。"

"我怎么可能记错？"父亲抹了抹眼泪，惊讶地问。我朝弟弟使了个眼色，弟弟立马反应过来，忙在一边附和道："您肯定是记糊涂了，我和哥哥明明都记得是在右边。你那晚不是还说，右边好，男左女右，葬在右边，你妈就可以守住我们在造纸厂的那个家了。"

"是吗，我这样说过吗？"父亲将信将疑地问。我和弟弟猛点头。父亲犹豫了一下，便朝岔路口的右边望了望。

岔路口的右边，大概是两百步的地方，有一棵大树矗立在路边。大树枝繁叶茂，树干笔直粗壮，高耸入云。父亲疾步走了过去，踮起脚尖，一把抱住大树，将脸亲昵地贴在树干上，嘴里喃喃自语，仿佛在倾诉什么。

夕阳西沉，长夜未临，苍茫的暮色在故乡的上空，一寸一寸跌落下来。

我和弟弟不敢贸然上前去打扰父亲，只好呆呆地杵立在岔路口，内心凄惶不安。附近的树林，山脚下的县城，还有更远处的乡村田野，笼在水烟四起的暮色里，影影绰绰，轮廓模糊，直至漫漶不清。而身边一墙之隔的围墙里面，却是那般的清晰可见，亮晃晃的夜灯下，人影憧憧，搅拌机像一头巨大的鳄鱼，吞进吐出，在永不知疲倦地嘶吼着。我和弟弟不禁对望了一眼，彼此神情悲郁。那一刻，我知道，他和我一样在忧虑：父亲没几天活头了，他老人家走后，该何处安息？

一双红绣鞋

我是一双红绣鞋。

六十年前的一个春夜,油灯将尽未尽时,我的主人——一个待嫁的苗女,把那根红丝线在指间一绕,打了个结,放在唇齿间轻轻一咬,算是完成了对我最后一针的刺绣。她取出另一只绣好的鞋,将我的左右脚合在一起。油灯下,我搁浅在桌面上,像两只小红船,两朵百合在我身上绽放如春。待嫁的苗女,托着香腮凝视着我,她的脸上,悄然漫上了一层红晕。

这时,灯碗里的油干了,火苗微微地晃了两下,灭了,一缕青烟在月色里袅袅升腾。待嫁的苗女一把将我拥入怀里,大睁着眼睛躺在床上。我偎在她高耸的胸脯上,她身上特有的少女体香,一如春天阳光的芬芳,在整个房间里荡漾开来。她辗转反侧,难以入睡,偶尔,黑暗中发出几声哧哧的笑,搅得一团月光在窗外探头探脑,窃窃私语。

那个春天,她出嫁,我随她来到了夫家。

她一身盛装,在众人的簇拥下,绣裙簪珠,衣华钗明,冠上的饰品,佩戴的银器,丁零零作响。随着她轻移莲步,所有人都把目光聚焦在我的身上,禁不住啧啧称奇。我镶着金丝边的红鞋面上,两朵百合在阳光下怒放,晃动着炫目的光泽。

我知道,今天是她的嫁日,也是我的节日,我们一生,只为这一天。

三天后，我被放进了箱子的最底层。在她合上箱盖时，我读到了她的目光，那目光里，盛开着恋恋不舍的甜蜜。

我在黑暗里一躺就是六十年。即使被压在箱底，时光的灰尘依然抚摸着我的身体。

六十年后，当我重见天日时，我所见到的是一个陌生的世界。陌生的街景，陌生的游客，陌生的熙熙攘攘，还有陌生的各地方言在街头汹涌。这一切，让我有些惶恐。我的主人已经老了，岁月把她雕刻成一个枯瘦干瘪的老妪。我被悬挂在街边的墙上等待出售。而她，在懒洋洋的阳光下，靠着墙打盹儿。时光，在这个午后停顿了。

一个衣着时尚的漂亮女子，在我主人面前停下脚步，注视着我，久久地不肯离去。最后，女子推了推我的主人，问："阿婆，这个，卖吗？"

我的主人将醒未醒，点了点头。随即，瞥了那女子一眼，顿时惊呆了。她慌里慌张地站起来，盯着那女子，好一会儿，说："你……试试……合脚不？"

当女子把我穿在脚上，显得是那么的熨帖，不大不小，不胖不瘦，增一分则多，减一分则少，就像是天生为她做的一样。她让我在半个多世纪后，掸去岁月的尘埃，重新焕发出生机。这女子站在古老的青石板街上，眼睛微微地眯着，来回转动身体，细细地打量我，任凭融融的阳光扑簌簌地跌落在她身上，跌落出一种久违的香气，让嘈杂的大街顿时变得安静。她的美丽与娴静，让时光倒转，一如六十年前的那个春天。我的主人呆呆地望着她，像面对从前那个待嫁的自己一样手足无措。女子问："阿婆，我想买，多少钱?"

我的主人摇了摇头,一头银发在阳光下晃着,说:"不要钱,送给你。"

女子怔了一下,说:"那不行,怎么好意思收你这么贵重的东西?"

我的主人望着街上来来往往的人群,豁着没牙的嘴笑了,说:"我只送该送的人。"

我的新主人叫麦苗。我跟随麦苗一路车马劳顿,来到一个叫深圳的地方,来到一栋豪华的孤零零的别墅。这里,是我的新家。

一个午夜,窗外华灯璀璨,灯火未眠。麦苗没有开灯,抱着双膝坐在地板上哭泣。我躺在她身后的席梦思床上,默默地注视着她。我的旁边,是一袭白色的婚纱,还有一双镶着红宝石的高跟鞋,它们在窗外霓虹灯的折射下,闪着高贵的光芒。我和它们相比,像一对丑小鸭,滑稽丑陋。

麦苗哭得很伤心,如水的月光洒在她的半边脸上,泪眼蒙眬。

她把我贴在脸上,摩挲了很久,最后把我的左脚小心地包好,搁进了衣柜的最底层,另一只——我的右脚,被放进了一个准备邮寄远方的包裹箱里,还塞了一张纸条。在麦苗即将合上盖子的一刹那,一颗带着她体温的泪珠掉落下来,菊花般洇在我的身上。那一刻,我体味到了她对我的眷恋,是如此的深情。

我重新回到黑暗的世界里。相伴六十年后,两只鞋骨肉分离,天各一方。我倍感孤独。我无法预知我的左脚和右脚是否还有团聚的那一天。

那张纸条上写着:贵哥,你就当我死了吧。

新鸳鸯蝴蝶梦

　　她敲门进来时，我正在写一篇小小说。对，就是你现在看的这篇。我端了杯水给她，对她说："你等等，我快要写完了。"她微笑着在沙发上坐了下来，手里握着我递给她的透明的玻璃杯，挺有教养地等着，目光安静地注视着我时而思索时而奋力敲打键盘的样子。其实我的本意是想拒绝她进来，告诉她，抱歉，我没有空，正在写作。但那样说，我担心会伤害她，于是话在舌头上就拐了个弯儿。你应该知道，我在撒谎，这篇小小说才刚刚开了个头，不仅你没理清楚我想说些什么，我自己也是一头雾水。

　　在说她之前，我还是说点儿别的事儿吧。我不想让她这么早加入进来，因为这篇小小说里，她不是女主角。女主角是谁？是谁呢？写到这里，我的脸有些红了——女主角是一个诗人。大概，不是大概，是千真万确，千真万确在大前天晚上，十点半钟，女诗人主动打了个电话给我。手机响了好一阵，我都没听到。我老婆禁不住从沙发里欠了欠身，丢开电视里的宫斗剧，扭过头瞅了我一眼。那一眼，内容有些复杂。

　　其实我和女诗人不太熟，开笔会彼此见过两面，相互留了手机号码，加了微信好友，便无任何接触。女诗人长相一般，但私生活有点像她写的诗歌一样天马行空。据说，女诗人喜欢相忘于江湖，从不留后遗症，也不拖泥带水，颇有男人缘。

女诗人在电话里声音很嗲，话很简洁，暧昧且双关："我明天去你那儿，行不?"我一听，朗声答道："行，绝对行! 我明天去机场接你?"女诗人说："好。"女诗人说完，把电话掐了，依然不拖泥带水。但我这边还没有结束。我继续对着手机吆喝："刘主编您别太客气，我们全家热烈欢迎您的到来……嗯，好，好，我明白，那明儿机场见。"说完，我佯装挂了电话，对老婆说："刘主编明天来东莞，让我带他玩几天。"说到这里，我挤眉弄眼地说："他说带了个女诗人来，特意叮嘱不想抛头露面。"妻子听了，也挤眉弄眼地笑了。

　　结果你肯定猜到了，女诗人没来，她食言了。我在深圳机场足足候了一天，候到晚上六点钟，实在按捺不住，拨通了女诗人的手机。女诗人的解释依然很简洁，"我啊? 还在家，来不了，下次吧，下次我再联系你。"说完，就把电话撂了。我站在密集的人流中，傻眼了。她这样耍弄我，是酒后胡言，还是夫妻吵架? 抑或是和我玩心眼，试探我? 不管怎么说，她应该对我有好感，否则不会平白无故这样打电话给我。既然现在有家回不了，不如干脆临时买张机票，飞到她那里去算了。

　　不好意思，我忘记告诉你，我现在所待的房间，是酒店的客房。我住下后，没有急着给女诗人打电话，她诗歌一般简洁的语言让我心里犯怵。我换了一种方式，在微信上发了一些照片，里面尽是孤独的我，孤独的客房，孤独的酒店，孤独的路牌，以及她这座繁闹的城市。我想告诉女诗人："我来了，就在你身边，在等你。"我很满意这种做法，隐秘，浪漫，同时不失尊严。你说什么? 故事是假的，有破绽? 唉，我只能这样告诉你，天下有几个男人会傻到让老婆知道自己真正的微信和 QQ。你别打断我，让我继续讲下去嘛。我讲到哪里了？对，我到了她这座城市，在酒店里等了两天，足足两天，女诗人没有任何反应。这时，我真生气了。我疯子一样敲打键盘，准备写一篇非虚构的小小说，就是你现在看的这篇，让心中的愤愤不平一泻千里。这时，她敲门进来了。

请注意，现在开始说到她了，文章开始的她。严格来说，我也不认识她。她解释说，自己是我的一个粉丝，这几天刚好在这里出差，看见我的微信，按照上面的指引，来看看我。我想了一会儿，想起她确实是我的微信好友，一个大龄剩女，有点儿忧伤的味儿，常在微信上倾诉对爱情的执着和对家庭的渴望。写到这里，我不禁抬头看了她一眼，发现她依然坐在沙发上，手里握着我递给她的透明的玻璃杯，挺有教养地等着，目光安静地注视着我时而思索时而奋力敲打键盘的样子。等了多久？快一个小时了吧。晕，我怎么能够一门心思为了泄愤，而忽略了她的存在与感受。我带着歉意离开电脑，给她续了一些水，又给自己也倒了一杯，然后坐在她对面，和她闲聊天儿。

我们聊了很多，多半是关于她对我作品的理解。一个微信上的单身男人和一个宣称自己是男人忠实粉丝的单身文艺女青年，坐在同一个房间里，坐得久了，要说心里不乱，那是假话。更何况，她长得还算漂亮，漂亮得足以让一个中年男人的心里乱成一团麻。下午的阳光和煦，屋子里有些闷热，我烦躁地抽了两根烟，然后强撑着站起来，脚步踉跄地把靠阳台的门打开，一阵清风徐徐地吹了进来。

她离开时，我礼貌地把她送到房门口，站在走廊上看着她进了电梯，我又重新回到电脑前，好一会儿才静下心来，准备给这篇小小说弄个结尾，安排女诗人感动万分地粉墨登场。突然，我发现她喝过的玻璃杯下面压着一张纸片。我拿起来一看，发现纸片被折叠成心形，一打开，原来是一张登机牌——今天早上，从一个遥远的城市飞到这里来的登机牌。

像艳遇一样忧伤

她要结婚了，对他发出热烈的邀请，在微信上。其实，他不去也不是不可以，但他还是去了。他怕伤着她。她的老家在大西北，远着呢，身边应该没几个朋友。

婚礼有些微型，在一家湘菜馆的包房里，摆了三桌。坐下不久，他发现除了新娘，自己谁也不认识，包括那个蓄着小胡子的新郎。大家有说有笑，谈笑风生，只有他如一个外星人，沉默地坐着，沉默地抽烟。偶尔有同桌怕冷落他，热情地打招呼，问他是谁，来自哪里？他有些尴尬，支吾道自己是新娘的朋友。对方的眼睛兴奋地眨了两下，不再言语。其实，望着她一身盛妆欢天喜地地忙前忙后，他内心挺高兴的。他是真高兴，没掺半点假，漂泊异乡多年，她总算在这座城市有了一个家，不容易啊。

如果是大型婚礼，在酒店摆个十几桌或者几十桌，宾客多半相互不认识，大家可以装装样子，举举酒杯，很容易对付过去的。这样的婚宴，他参加过不少。但是，今天似乎不太一样，为了活跃气氛，新郎新娘向每位客人单独敬酒，并依次做介绍。也就是说，在场的二十几号人，个个都是焦点。想想也对，人这么少，不这样整,婚礼未免太冷清了。他觉得自己应该向新郎新娘私下敬一杯酒,先暖暖场,和新郎友好地认识一下。但是,瞅了半天,也找不到合适的空当。

新郎新娘确实很忙。他们一边敬酒,一边深情地向大家回忆与每一位来宾的交往史和伟大的友谊,感恩,祝福,手机拍照,推杯换盏。从他们的嘴里,他第一次知道关于她的很多信息,比如新郎姓马,是一个广告设计师,比如他们一见钟情,爱情长跑了七年。随着时间的推移,他不得不接受一个尴尬的现实——今天所有到场的客人,除了他,其他人几乎都互相认识,平日里都在一个圈子里混。

原来自己是多余的。

他懊悔不已,想逃了,比如借上洗手间时悄悄溜走。可是,他没机会了,新娘已经站在他身后,温柔地拍着他的肩,用麦克风高声宣布:"下面,我要隆重介绍一下我身边的这位大哥,夏阳大哥,你们都不认识。"说完,她偏过头朝一旁的新郎幽默地调侃道:"老公,你也不认识,这是我私藏多年的一位大哥。"

在场的人轰地笑了。笑完,大家鸦雀无声,神情专注地看着他。众目睽睽之下,他不得不硬着头皮站起来,举着酒杯向新郎新娘表示祝福。该叫新郎啥好呢?姐夫?不对,刚才她还管自己叫大哥呢。妹夫?有些暧昧。马先生?太官方了,肯定不合适。他一时词穷,斟酌再三,不知道该怎样称呼对方。他一着急,便有些面红耳赤,好像做了亏心事一样,结结巴巴地说:"马,马,马老师,我祝福你们白头偕老,幸福美满。"

新郎优雅地看着他,轻轻碰了一下他的杯沿,优雅地说:"谢谢!"

他顿时意识到自己的话太酸了，完全是前任男友的口吻。于是，他不甘心地加了一句："我和阿芳很熟的，她去过我家。"新郎继续保持优雅的微笑。他的本意是想撇清自己前男友的嫌疑，但一说完就后悔了，感觉自己越说越乱。幸好，他又急中生智地挽救了自己。他说："我老婆很喜欢阿芳。"说完，如释重负。虽然，他还是一只单身狗。

新娘完全没注意到两个男人之间的较量，她正在一旁用麦克风款款深情地朗诵着早已打好的腹稿。她说："我和夏阳大哥认识五年，只见过一面，今天特意邀请他来参加我的婚礼，因为我曾经是一个诗人，他是我目前能够找到的唯一一个见证人。他当年是杂志社的编辑，发表过我的诗歌……"

新娘的话，等于无意之中戳穿了他在新郎面前的谎言。他承认，新娘说的都是事实，没有半点虚构。他们确实只见过一次，她路过杂志社，进去坐了半个小时，说了很多感激的话。现在回想起来，当时是加了 QQ，有一搭没一搭地聊了很长时间，后来微信红火了，又成了微信好友。因为微信的介入，他感觉她一直生活在自己身边，每天相见，无话不谈，宛如多年的哥们。他从未意识到他们只有一面之缘，仅此而已。微信只是一个平面，而不是一个空间，它可以展示她想展示的一面，也可以掩盖她想掩盖的另一面，比如她早就有了男朋友。这些道理他懂，但从未细想过。

婚宴结束后，在很长一段时间里，他溺水般地难受。开始，他迁怒于她爱慕虚荣，神神秘秘地邀请他去参加婚礼，把一件简单明了的事儿弄得错综复杂。接着他又痛恨自己性格木讷，前言不搭后语，心事重重的样子，难免叫人生疑，最可笑的是还自作聪明地公开撒谎。不久，他体谅了自己，转而去怪罪那个所谓的"马老师"皮笑肉不笑,城里人的套路玩得太深。后来,他换位思考,总算想开阔了,认为站在各自的立场上,三个人都没有做错什么。但为什么心里总有一根毛在挠痒痒,感觉很不舒服呢?

半年后的一个午夜,他在 KTV 喝酒,和几个美女用啤酒瓶比赛"吹喇叭",吹得晕晕乎乎了,便倒在沙发上,掏出手机无聊地刷微信。突然,他看到她刚刚发的一条朋友圈信息:今天,我离婚了。

他惊得顿时坐了起来,盯着手机屏幕又看了一遍。没错,五分钟前发的,所配的图片很平常:民政局、紫红色的离婚证、来来往往的"的士"车,就像以往她告诉大家在网上淘了个充电宝,或者晚餐吃了白菜炖粉条一样语气平淡,无悲无喜。

她越是无悲无喜,他越在内心禁不住胡思乱想,自责不已。他咕咚咕咚地一口气灌了大半瓶啤酒,然后坐在一群红男绿女身后,眼睛死死地盯着一桌子的空酒瓶,心中充满无限忧伤。

在那遥远的地方

一

导演想风,都快想疯了。

可就是没有风。

七月末的大草原,烈日当空,天气闷热得像个大蒸笼,连一丝风的影儿都没有。

　　这是一个洗发水广告片的拍摄现场。厂家为了打开市场，不惜重金打造广告宣传片。他们聘请了国内知名的导演和一流的工作团队，还求菩萨一样求来了一位正当红的影视歌三栖女明星。剧本敲定了，场景选好了，摄影、美工、演员等各部门均各就各位，却没有风。

　　没有风，这广告片还怎么拍？

　　导演急得抓耳挠腮，像《草船借箭》里的周瑜，背着手在地上不停地踱步，时不时地望一眼插在草坡上的旗杆。旗杆上的旗子像被掐断了脖颈，蔫头耷脑，纹丝不动。空气似乎被凝固了。

　　女明星躲在车里，吹着清凉的空调，百无聊赖。等到太阳落山了，女明星从瞌睡中醒来，望了望车外，哈欠连天地说："回吧。"

　　第二天，一帮人早早地来了，坐在原地，整装待发。风像个淘气的孩子，似乎和他们耗上了。临到下午，女明星沉着脸，率先回酒店歇息去了。

　　第三天，也是如此。女明星的脸色越来越难看了。

　　怎么办？不能这样干等了。剧组连夜开会。没有自然风，只能人造了。有人提出用鼓风机。女明星当即反对，说鼓风机风太大，一旦吹起沙粒草屑，伤了她皮肤怎么办？导演赶忙打圆场说："又不是拍武侠片，我们要那么大的风干啥？买电风扇吧，电风扇好。"

　　这点子还真管用。

　　二十台电风扇，在灼热的阳光下，摆着不同的姿势，高低错落，气势磅礴，如同草原上朵朵盛开的向日葵。

在那遥远的地方,草原辽阔,居住着一位好姑娘。人们走过她的毡房,都是频频回头,留恋地张望。她那粉红的小脸,好像红太阳,她那美丽动人的秀发,在风中飘扬……

片子拍完了,大家又犯愁了:这二十台电风扇怎么处理?

导演看了看大家,说:"总不能扔这里吧,要不每个人分一台?"谁也不吭声。都是国内顶尖的精英人士,谁缺这玩意儿呀。再说了,总不能千里迢迢扛个累赘去挤火车上飞机吧?

制片主任想了想,问地陪,最穷的学校在哪儿?地儿不要太远。地陪沉吟了一下,说:"赵家沟,翻过前面的山坡,离开大马路,走个三里地,就是赵家沟,学校的孩子可苦呢。"导演听了嘿嘿地笑,问:"是你村吧?"地陪脸一红,尴尬地点头。制片主任说:"没关系,就赵家沟,也算是对你这几天辛苦工作的感谢。"

这样,在回去的路上拐了一下,七八辆车浩浩荡荡开进了赵家沟小学。

学校正放暑假。地陪赶忙找来校长、老师和村干部,又召集了十几个学生。大家在坑坑洼洼的操场上,简单地弄了一个电风扇捐赠仪式,并合影留念。校长喜滋滋地对女明星说:"这下可好哩,以后夏天就不用愁了。"

女明星心头一热,掏出五百块钱塞在校长手里,叮嘱道:"给孩子们买几支笔吧。"剧组其他人员一看,也纷纷效仿。

校长眼里含着泪给大家鞠躬,一个劲地表示道歉:"不巧遇上放暑假,娃不多,仪式太简陋了。"

两个小时后,在一片敲锣打鼓的欢送中,七八辆车告别了赵

南京的太阳

家沟。尘土飞扬里,女明星一回头,猛然发现学校操场边燃着几炷香,一个上了年纪的女人跪在一旁,正对着他们的车影,虔诚地直磕头。

女明星问地陪是怎么回事。

地陪说:"她是学校煮饭的,疯婆子,甭理会,她好迷信,肯定是把你们当菩萨下凡了。"

女明星的鼻子一酸,眼泪涌了出来。

三

剧组在赵家沟小学捐钱赠物的事迹,被当地有关部门写成了新闻。众多媒体纷纷报道。一时,好评如潮。

厂家非常满意这种效果。董事长在剧组的庆功宴上,举杯感谢大家不仅为公司创造了经济效益,还带来了不小的社会效益。董事长当即表示,再追加 100 万,作为奖金分给大家。这是题外话,扯远了。

该说说王东了。

王东是广东的一个房地产商,爱好收藏。王东在网上看到这条新闻,突发奇想:这么经典的广告片,这么大牌的明星,这么知名的导演和团队,如果把那些电风扇收藏起来,若干年后作为历史的见证物重见天日,肯定会引起轰动,肯定会价值不菲。

于是,王东悄悄地坐飞机来到呼市,然后在一家物流公司租了一辆卡车,拉着一车新买的课桌椅,风尘仆仆地赶到赵家沟。王东的到来,把校长乐坏了。校长要找人张罗欢迎仪式,王东赶紧阻拦道:"还是让孩子们好好上课吧,我不过是在做点自己该做的事儿罢了。"

搬完课桌椅,王东让校长陪他到处转转。正值九月,天气还是有些炎热。王东抹了抹脸上的汗水,问校长:"为啥不给孩子开电风扇?"校长解释道:"刚开学,一切乱糟糟的,教室里还没来得及拉电线呢。"王东看着破烂不堪的教室,说:"拉电线又得费不少钱,为一台电风扇不值。"校长迷惑不解地问:"给娃们热天上课用,咋不值呢?"王东说:"他们是好心办坏事,我们城里的学校装的都是吊扇,哪有用台扇的。你想呀,这台扇的电插头电了人怎么办?扇叶子伤了手怎么办?你们晚上又不上课,干吗非要这样浪费?像这样的房子,没装避雷针,一旦拉了电线,雷雨天容易发生雷击,重则死伤,轻则火灾。"校长如梦初醒,嘴里直嘀咕:"是啊,我咋没想到这茬呢?"

又转了一会儿,王东跺跺脚,认真地看着校长,说:"唉,这些电风扇,其实是烫手山芋,你用又不是,不用搁这里也浪费,还容易遭人说闲话。这样吧,好人做到底,我出五千块钱,你全卖给我,我拿回去给手下工人使。你拿这钱用在刀刃上,整一整这操场,别让孩子们一上体育课除了跑步还是跑步。"

校长紧紧握着王东的手,热泪盈眶。

就在王东的车满载着电风扇离开赵家沟时,尘土飞扬里,他从后视镜里猛然发现学校操场边燃着几炷香,一个上了年纪的女人跪在一旁,正对着他的车影,虔诚地直磕头。

流　星

节目播出时，阿黛恰好在海南岛的一个温泉度假村里。丈夫来洽谈商务，无所事事的她跟随来玩。当时，丈夫在隔壁陪几个官员打麻将，阿黛一个人闷在房间里，无聊之际，刚好收看了这档叫《美食之旅》的电视节目。

电视里，美食家侃侃而谈："前年，我在海南岛旅游，参观博鳌论坛后，当地一个朋友说去品尝本地菜。那天细雨蒙蒙，我们是开车去的，四个人出了博鳌镇，七拐八拐，进了一家农家菜馆。那是一个洁净的农家小院，非常普通，连招牌都没有。我们吃了两菜一汤一饭——干煸鸭、清炒豆角、芥菜咸鸭蛋汤和炒饭，88块钱。这是我终生最难忘的一顿饭，神仙味道，胜过任何山珍海味和美食佳肴。"

美女主持人似乎有些失望，插话道："烹饪的方法很特别吗？比如祖传秘制的那种？"

"非也。所谓神仙味道，反而是很平常很简单的做法，力求保持食物本身的原汁原味。先说干煸鸭。当地的鸭子都是蚬鸭，学名叫绿头鸭，主要生活在河湖芦苇丛中，以吃鱼虾贝类为主。博鳌是南海之滨的一个小镇，三江汇流，鱼虾肥美，水产品丰富。这种环境下长大的鸭子干煸后，香味浓郁，富有嚼劲，口味堪称一绝。他们的豆角也不赖，菜园子里现摘现炒，翠绿养眼，清甜粉嫩,让人无法招架。而芥菜咸鸭蛋汤的做法就更简单了,不加味精,不加油盐,几乎是用白开水煮的。略苦,清热祛湿,汤汁醇厚,齿颊生香。最稀奇的是炒饭,不是蛋炒饭,而是草炒饭。草叫猪母草,在海南岛村前屋后到处都是。碧绿的草叶切碎后炒到饭里,香喷喷的,美味可口,让食客得以大快朵颐。"

台下观众屏声敛息。一股久违的田野清香,在演播大厅的上空弥漫开来。

美食家继续讲道:"当时是冬天,但在海南岛,四处绿油油的,生机盎然,和春天无异。坐在这样空气清新的'春天'里,可以看到屋后一片青翠的菜园,再远处,是一个偌大的湖。湖面烟波浩渺。当地的朋友介绍说,很多明星大腕慕名来此,比如赵本山、那英、陈道明、王菲。我调侃道,再加上我,都是你带来的吧?朋友笑着摇摇头,非常认真地说,你别小看这地方,这儿因为离博鳌论坛近,每年开会时,很多国家的总统首相会偕同家人前来光顾。他们每次都是突如其来,将服务员隔离,换上自己的人,保镖三步一岗五步一哨,从洗菜、烹饪到上桌,整个过程全在他们的眼皮底下完成,不能有丝毫马虎。我听了大吃一惊。我实在是难以想象,那些尊贵的总统首相,会坐在这样一个四处透风的简易棚里用餐。更离谱的是,他们高贵的脚所踩的地面是用碎炉渣铺成的,连水泥地都不是。"

"从一进去,我就注意到一个男人,一个中年男人,清瘦,高个,衣着朴素,坐在棚子的一角喝茶,静静的,像老僧入定在一幅水墨山水画里。自始至终,他都未正眼瞧我们一下,仿佛身边的一切和他毫无关系。他的目光散淡迷离,久久地落在远处的湖面上,似看非看,夹杂着些许让人难以捕捉的忧伤。我悄声问朋友,那家伙是老板吧？朋友惊诧不已，你怎么知道的？我得意地笑了。美食，讲究的是色香味形器五感。这么绝佳的色香味形，装在如此相配的器皿之中，我还是头一次神遇……"

台下静寂了好一阵，才如梦初醒般响起了热烈的掌声。

像一部恰到好处的电影一样，这时，伴随着悠扬空灵的钢琴曲，电视屏幕上工作人员缓缓打出了字幕——节目结束。

阿黛关了电视，站在阳台上，望着远方发怔。

隔壁，麻将声稀里哗啦，流水般欢畅。

半个小时后，阿黛合上电脑，捏着一张纸条敲开隔壁的房门，对丈夫说："我想出去一下。"丈夫的嘴里叼着烟，正在烟雾腾腾中搓麻将。他抓起一张麻将牌，举在半空中，用大拇指摩挲了两下，顿时喜笑颜开，对旁边一个官员说："刘行长，我老婆想进城做 SPA，借你司机用一下。"转而，又叮嘱她："今晚我得要个通宵——三万，哈，和了——早去早回，注意安全。"

在以后漫长的日子里，阿黛常常怀念自己那次午夜的疯狂：在陌生的海南乡下，在黑灯瞎火的午夜，来回近百公里的长途奔袭。怀念多了，不由产生众多怀疑，怀疑事件本身的真实性。那晚，一切像一个梦境，迷迷糊糊，不着边际。但是，阿黛清晰地记得，当她在路边站了半天后，回到车里有气无力地对司机说："回吧。"司机一脸困惑。她有些尴尬，支吾道："我只是想看看而已。"

阿黛看到了什么？

垂落平原的夜空，满天繁星金币般闪烁，成了一条涌动的河流。草坡下的那个农家菜馆，隐没于黑夜光滑的脊背上，若隐若现。那一刻，有流星划过天边，缓缓地，璀璨夺目，如夜空的花，绽放成无数条抛物线,坠落在她手中。

那一夜,流星,让阿黛幸福了很久。

青　春

第一次见到苏三,我清清楚楚地记得,是 1904 年春天的一个下午。

那天下午,红棉街两边的木棉花怒放,一树一树的橙红,燃烧着整个石龙城。

我照例去小学堂看表哥。

每次,我都不进去,隐在门口的树后,静静地听里面的孩子书声琅琅。我还会踮起脚尖,透过木棂窗,张望他在黑板上奋笔疾书的身影。

表哥是我梦里的人。

小学堂在竹器街上。竹器街商铺鳞次栉比,卖的是各式竹篾制品。医院今天休假,我顺着人流,像一尾鱼儿一样在竹器街的青石板上游来游去。往前再走一步,就离学堂近了一步,离我心爱的人儿近了一步。我越往前走,越害怕又一次扑空,好几天没看见他的身影了,学堂刚刚成立,他忙呢。

阳光透过街两边各种林立的招牌、骑墙和门窗,稀疏有致,暖融融地在狭窄的街面上画着图案。远处,隐约传来东江江面上船工春天般悠长的号子声。

这时,我无意中看到了苏三。

苏三精瘦,个小,像一只泥猴儿。他可能比我小几岁,在一家竹椅店里当学徒。

我看见他时,他正抱着一对竹椅腿儿在火上烧烤定型。很显然,苏三技艺不精,招来旁边的师傅一顿数落。师傅骂得越凶,苏三越手忙脚乱,毫无章法,气得师傅一把夺下他手里的活儿自己忙开了。苏三满头大汗,一脸尴尬地侍立一旁。

苏三师傅的数落像唱戏一样好听,抑扬顿挫间,时而火车隆隆般气吞山河,时而苍蝇嗡嗡般幽咽低语。我从没见过如此会骂人的男人。我站在店门口,像看戏一样,被深深地吸引了。

我从没意识到,仅仅这一下逗留,竟然改变了我的整个人生。在以后漫长的岁月里,我常常悔恨自己的年少轻狂,我一个名门望族的大家闺秀,一个石龙城叶家的大小姐,一个惠育医院的头牌女护士,竟然会肆无忌惮地站在竹器街一家小店门口,心情愉悦地观赏一个地位卑微的学徒的狼狈相。

我甚至心怀侥幸地想,如果苏三当时没有抬头看我,也许以后的许多故事就不会发生了。可是,苏三最终还是抬头了,一抬头,便顿时像电击了一般,嘴巴半张着,失态地望着我,呆呆地定格在那里,如一尊雕塑。

他的目光不是呆滞空洞,而是灼热四溅。我清楚地看到,他眼里燎着的那团火,正冒着蓝色的火焰,一寸一寸地,呼呼地直往我身上蹿,蹿得我满脸绯红,羞赧不已。苏三像不相信似的,用手揉了揉眼睛,仿佛面前站的不是一个惠育医院的女护士,而是琼楼玉宇里下凡的仙女。他的手本来就黑乎乎的,这一揉,揉出了一对熊猫眼,在脏兮兮的脸上惟妙惟肖,让我忍俊不禁……

有些事儿,对我来说也许只是一瞬间,而于对方却是永远。譬如我和苏三的偶然一遇和临别一笑。

不久后的一天,我刚到医院上班,就送来了一个病人。病人左手前臂被利刀所刺,一条半尺多长的伤口鲜血淋漓,深至白骨。一个中年男人不顾病人的惨叫和疼痛,在一旁喋喋不休地骂道:"狗杂种!驴嘴舔不到屁眼儿,篾刀却能割手臂……"

听着这熟悉的唱莲花落一般的骂声,我"扑哧"一声笑了,这不是竹器街竹椅店里那对师徒吗?我留意了一下病历,他的名字叫苏三,和戏台上那个蒙冤受难的苦命女子同名。我一边给他缝针,一边应对他火辣辣的目光。我想起了上次在竹器街的遭遇,感觉有些不自在,脸开始发烫。

缝针后,苏三每天都会来洗伤口,上药膏,换纱布。每次来,他只找我,偶尔我不在,他就老老实实地蹲在门边的角落里等,脸色蜡黄,远远地望去,像一张薄薄的纸。

苏三的伤口很奇怪,反反复复,两三个月了,一直不见愈合的迹象。每次换药,他像一个乖孩子,默不作声,目光如一只蜜蜂,安静地追随着忙碌的我。

我对苏三已经喜欢上我或者爱上我是浑然不知的。我只是觉得他是个苦命的人儿,和戏台上的那个苏三一样值得同情和关怀。甚至,因为苏三学徒的身份,在我眼里,他还只是个大孩子。我承认自己对他的伤口悉心有加,我是受过新式西方医学培训的护士,这是我的职业。

那个黄昏,和以后很多个日子一样,不该来的时候却来了。

那个黄昏,白天的暑热未退,知了依然在窗外不停歇地鸣唱,让人躁动不安。

同事们都已经下班了,空荡荡的医院只剩下我和苏三。我小心地揭开他伤口上的纱布,发现里面已经溃烂生蛆。我心疼不已,一边叮嘱他要多注意伤口卫生,一边为他细心地清洗伤口。就在我起身去拿药架上的药膏时,苏三突然一把从后面抱住了我,呼吸急促,将他瘦弱的身子紧紧地贴在我的后背上。

面对这突如其来的举动,我吓蒙了,差点尖叫起来。我第一次这样被异性热烈地抱住,第一次感觉到一个男人的心脏在我后背上剧烈地狂跳,我全身汗涔涔的。在此之前,我和指腹为婚的表哥连手都没拉过。我止住内心的恐惧和惊悸,努力将自己平静下来。我知道不能去做无谓的反抗。我一动不动,把自己平静成一截冰冷的树桩,许久,我感到这种冰冷慢慢爬进了他的身体,他的手不再是那么强硬有力,而是耷拉松懈了下来。

我轻轻掰开他的手,转过身,对他妩媚一笑,冷冷地说:"你也配?"

他怔了一下,脸上变形地抽搐着,走了。

"就当什么都没发生,还像以前一样,多用点心,争取早日把他的手臂治好"——那晚,我不停地洗身子,一边洗一边泪流满面地咒骂苏三的祖宗十八代,直到天亮,我才说服了自己。

可是,苏三再也没有来过。

传　奇

　　我一直梦想拥有一串玉石手排,价值不菲,格调高雅,但款式平淡。类似一个葡萄糖男人,粗粝的外表下,需要静心去品读他与生俱来的质感。男人佩戴玉石,彰显一种优雅。这种优雅,远非金灿灿的劳力士手表可以媲美。

　　每到一地,每经过一家珠宝店,我都会有意识地进去看看。数年,孜孜不倦。

　　那天在浙江义乌国际商贸城二区,忙完了正事,我便去二楼的珠宝玉石城逛游。一上楼梯,发现一家"仇和麟玉石"档口。

　　顾客如云。寻觅了半天,我相中了一串玉石手排。询价。不议价,880元。

　　在掏钱的瞬间,我突然意识到这种人群中的抢购,缺少机缘,非我所爱。

　　转悠两个小时下来,我悲哀地发现,偌大的商贸城,上千家玉石珠宝档口,而真正出售玉石手排的,却芳踪难觅。参照商贸城宣传画册的指示,我还去了四楼的新疆和田玉馆。而所谓的和田玉馆,其规模还不如街边一家小店。

　　怏怏然,再一次回到二楼。

　　好不容易找到了最初的"仇和麟玉石",就在离它不到20米时,我突然停住脚步。

我静静地站了一会儿,然后缓缓回头。身后,熙熙攘攘,利来利往。我看见走廊尽头有一个拐角处,愣了一下,大步流星地朝那个拐角处走去。

拐角处,是另外一条商铺走廊。不长的走廊尽头,有一家珠宝店:古色古香的装潢,古色古香的筝曲,一个古色古香的女人,正坐在玻璃柜前,精致地喝茶。

玻璃柜最显眼处,赫然摆着一串手排,缅甸玉,温嫩碧婉,透明凝脂,娴静处,透着一种优雅的光泽,一如那低眉品茗的女人。

口干舌燥地询价。

女人浅笑,答道:"3600。"

女人的笑,化解了我的窘迫。我似乎换了一个人,轻松地陪女人聊天,喝茶。

一个上午,我死皮赖脸地坐在那里,蹭女人的"彩云红"喝,从原始社会聊到康熙王朝,从奥巴马的发迹聊到中国女足的凋零,从钱塘江的涨潮聊到科罗拉多州的月光。那是一个愉悦的上午。

临近中午,我壮了壮胆,说:"如果你赏脸的话,我想请你吃个饭。"

女人笑了,毫不矜持。

饭菜很简单。我们如一对恋人,在一楼的快餐厅里。

饭后,我送女人到她档口,打算告别离去。女人笑了笑,指着那串手排说:"你拿去吧,我知道你喜欢,算是我们之间的机缘。"

"多少钱?"

女人怔怔地看着我,一会儿,叹了口气说:"400。"

我戴着那串手排走出商贸城大门,心花怒放,暗想:"以后不再买了,有这串,一生足够。"

如果事情至此打住,不加任何虚构,算是一篇俗套的小说。

即使按照通俗的文艺小资套路,翻拍成电影,接下来无非是这样的:在以后众多个深夜,男主人公面对身边鼾声沉沉的黄脸婆,辗转反侧,在黑暗中轻抚手腕上那串手排,怀想那个愉悦的上午时光,以及时光里的点滴细节,至老至死……

可是,我画蛇添足了——

第二天,我坐在酒店里把玩那串手排,爱不释手,心想:"如果再买一串女式的,送给爱妻,不是挺好吗? 情侣手排呢!"

于是,我又去了商贸城二区。

在二楼,我寻找了整整一天,汗流浃背,就是找不到那个档口那个女人。我向不少档主打听,描述那个古色古香的档口、那首古色古香的筝曲和那个古色古香的女人,他们一脸惊愕地看着我,爱莫能助地摇头。

一夜之间,她仿佛在这个世界上消失了。或者说,昨天的一切,只是一个梦境。

我站在人头攒动的客流中,轻轻抚摸着右手腕上的那串手排,顿悟自己这等心思,对于她是一种亵渎。

几天后,我回到家里,对妻子老老实实交代这串手排背后的艳遇。

她笑得稀里哗啦,说:"人家骗你400块钱呢,书呆子,自作多情,入戏太深。"

我委屈道:"你知道那里的档口多少钱一间吗?"

"多少?"

"按照目前的市场行情,一间档口600万到900万,月租是8

万到 12 万。人家折腾一上午,就为了你老公口袋里的 400
块钱?"

妻子哑口无言。

坐 飞 机

登机后,老布给棉棉发了一条微信:亲爱的,知道送你什么礼
物了吗? 使劲猜吧,哈! 未等棉棉回复,老布便把自己的手机调
为飞行模式,转身摸了摸随身包里最新款的 iPhone,嘴角露出胜
利的微笑。

偌大的深圳,在脚底下急速地下坠,慢慢变小,越来越小,直
至成了一个模糊的点,消失在老布的视野里。

老布打了几个哈欠,有些困乏了。昨晚陪几个官员打麻将,
输了一堆钱后又去消夜,折腾到三点多钟才散场。为了搭这趟航
班,早一点去安抚棉棉的小脾气,老布连衣服都没脱,靠在沙发上
眯了一会儿,六点钟便匆匆往机场赶。岁月不饶人,五十好几
了——老布心里哀叹一声,很快在座位上昏昏沉沉地睡着了。

迷迷糊糊中,老布感觉有人在推他,睁开眼一看,是邻座。邻
座是一个农村老太太,头发灰白,一脸的皱纹,正笑眯眯地看着自
己。老布嘟囔:"啥事?"

"大兄弟,你去哪儿?"

"北京。"

"太巧了,俺也是去北京!"

"神经病。"老布心里嘀咕了一声,别过头,继续补自己的觉。老太太见老布不理会自己,毫不生气,回过头问后座:"你也去北京吗?"

"嗯。"后座是一位挺有素养的女士。

"你是北京人吗?"

"不是。"

"那你去北京干吗?"

女士不吱声。

老布睡了不一会儿,又被推醒。他的耳畔,响起老太太兴奋的声音:"大哥,饮料来了,喝可乐吧,可乐味儿足。"

"我不喝,你让我睡一会儿好吗?"

老布刚迷糊了一下,一只手在他肩上不停地推搡着:"快,来吃的了,来吃的了!"

这次,老布愠怒不已,挥了挥手,嚷道:"你帮我吃好了,我不吃。等一会儿发纪念品,也归你。"

老布肩上的那只手犹豫了一下,慢慢地软了下去。

冬天的阳光苍白无力。机翼闪着冰冷的银辉,如一只大鸟在云层里孤独地穿行。

这样折腾几个回合,老布心烦意乱,睡意全跑了。老布蜷缩在座位上,望着舷窗外的云起烟涌,心中有些感伤:也许是真的老了,随便一个混沌觉,就可以打发自己。年轻真好,年轻时,可以连轴玩几个通宵,再睡个昏天暗地,雷公都吵不醒。

一个硕大的布袋,一直堵在座椅边,碍手碍脚。邻座显然把它当宝贝,时不时瞅上几眼,生怕一不留神它就不翼而飞。老布屈膝弯腿,忍让了半天,最后没好气地问道:"你这里面不会是金银珠宝吧?"

老太太眉飞色舞:"金银珠宝? 比金银珠宝贵重多了,俺给你看看?"

"随你便。"

老太太弯腰打开布袋,笑吟吟地从里面捧出一大堆东西出来。老布眼前顿时一亮:纸飞机,原来是纸叠的飞机! 一只只纸飞机,用的全是彩绘纸,色彩斑斓,像一群充满生命力的蝴蝶,栖在老太太的掌心,随时准备要翩翩飞舞一般。

这些纸飞机精致完美,生机盎然,看得出制作者费了不少心思。老布心中怦然一动,问:"大姐,谁叠的?"

老太太像个话匣子,一打开就收不住了:"俺闺女。俺闺女在深圳打工,平日里一边攒钱,一边叠纸飞机,说叠好两百只,就可以请俺坐一趟飞机呢。唉,你说这孩子不是糟践钱吗? 坐飞机这么金贵,俺心里不愿意,她却说什么不能白活一回……"

老布默默地听着,眼角湿润。他不完全是为老太太闺女的一片孝心所感染,而是想起了自己的往事——

那一年,他十八岁,在承德郊区插队。住地附近,有一个军用机场,飞机天天像黄蜂一样飞来飞去。那时,他最大的快乐,就是和女友肩并肩坐在草坡上看飞机从头顶掠过。他当时有一个梦想,就是要让喜欢叠纸飞机的女友有生之年坐一回飞机……

那个梦想,随着时间的流逝,早已灰飞烟灭。而飞机,作为一种交通工具,对老布来说已经和公交车一样平常无奇。如果不是眼前这些纸飞机,估计他到临终也想不起那些泛黄的岁月和远去的人与事。

老布对老太太由衷地赞道:“这么好的闺女,您真有福气!对了,这些纸飞机,您可以卖给我,我出高价。”

老太太噘嘴说:“不卖!给多少钱都不卖!俺闺女专门送给俺的,怎么能随便卖呢。”

老布默然,不敢言语。

飞机平稳地降落在首都机场。下了飞机,老太太有些不高兴了。她一把拉住老布,气咻咻地说:“他们不厚道,没给俺发纪念品。”

老布顿时醒悟过来。

老布在身上的口袋里摸了摸,摸了一会儿,最后一狠心,从包里掏出那个最新款的 iphone,递给了老太太。

曲 终 人 散

婚宴大厅里人头攒动,觥筹交错,小马开始了他的第一首歌——《月亮可以代表我的心》。原本的歌单里是《月亮代表我的心》,有邓丽君的甜腻版,也有齐秦的深情版。可是今天,小马把它换了。

小马是个跑场的歌手,哪里有活儿往哪里跑,歌厅、酒吧、夜总会,还有就是现在这种婚宴。小马唱歌,是为了给宾客助兴,增添一些热闹喜庆的气氛。为此,小马常对小梅说自己就是古代的戏子。小马每次说这话时,小梅总是摇头,摇得很慢,很坚定。可惜,小梅现在不摇头了。今天,小梅走了,跟有钱的张大炮走了。

"到底多爱你,到底多想你,窗外的人行道下过雨……"小马一边弹着吉他,一边学杨坤踮着脚尖,嘶哑的嗓音里,盛开着郁郁寡欢。在这个近千人的大厅里,没几个人会去认真欣赏他的歌声。大家都忙着相互敬酒寒暄,热烈地拥抱握手,相互夸张地说些桌面儿上的话。

小马唱完,站在后台的窗前抽烟。黄昏的雨,淅淅沥沥地飘了起来。

司仪刘哥递给小马一支烟,说:"你刚才那歌不合适在这里唱。"

小马怔了一下,听着大厅里响起了蔡依林的《明天你要嫁给我》,脸上便挤出一丝歉意:"嗯,下一首我会注意。"

刘哥笑笑,拍了拍小马的肩膀:"兄弟,辛苦了。"

又轮到小马上场了。小马深呼吸了一下,这次唱的是阿牛的《桃花朵朵开》,风趣诙谐:"暖暖的春风迎面吹,桃花朵朵开,枝头鸟儿成双对……"台下人声鼎沸,新郎新娘开始挨桌敬酒,每到一处,便爆发出一阵热烈的掌声和欢呼声。新娘真漂亮,一袭鲜艳的中式旗袍,身材窈窕,笑起来时,脸上挂两个浅浅的梨花酒窝,非常像小梅。小马最喜欢看小梅无声地笑,两个酒窝梨花般地在脸上一隐一现。一隐一现间,把小马看呆了。

想起小梅的小马,停止了自己的活蹦乱跳,站在原地,嘴巴随着音乐的节奏机械地一翕一张。新郎矮壮臃肿,头上有些谢顶,腆着个啤酒肚,挽着娇媚动人的新娘,和每一个宾客兴奋地握手拥抱,幸福地推杯换盏。小马心里不由火冒三丈:和张大炮一个德性,都是钱堆起来的,八十桌,四千元一桌……

巨大的落地玻璃窗外，天色阴沉，滔滔的江水，独自漫流向天际。

一曲完毕，按理小马该下了，他今天的任务只有两首歌。小马对即将走上台的刘哥摆了摆手，开始对着麦克风说话了。他们一般不说话的。小马春风满面地说："今天是新郎新娘美满的姻缘……我特意献上一首张宇的《曲终人散》。"小马是说话而不是唱歌，让在场的很多人愣了一下。待大家明白是加场，便继续嘻嘻哈哈地碰杯，继续喝酒，大厅里瞬时又沸腾起来，以至于小马最后报的歌名，几乎没人听到。

"你让他用戒指把你套上的时候，我察觉到你脸上复杂的笑容。那原本该是我付与你的承诺，现在我只能隐身热闹中……"小马哭丧一般的吼叫，在大厅里迅速蔓延开来。

很多人似乎感觉到了不对劲，慢慢放下手中的酒杯，掐断嘴里的话，吃惊地看着小马。少部分人开始并不明白怎么回事，只是感觉空气中流动着一种阴鸷和怪异，见旁边的人神情大变，也安静了下来。这种安静像海水退潮一般迅猛，刚才还喧嚣轰鸣的大厅顿时变得鸦雀无声，充溢曲终人散的悲剧意味。

刘哥的脸气成了猪肝色。一些新郎的死党想冲上去制止小马，又担心自己的行为会出力不讨好。新郎满脸的笑僵住了，枯立在大厅中央，像一截树桩。

空气顿时凝固。小马像只受伤的动物，依然在台上呜咽："你最后一身红，残留在我眼中，我没有再依恋的借口。原来这就是曲终人散的寂寞……"

新娘正端着高脚酒杯，款款行走在红地毯上，听到歌声，怔在那里。半天，瘦削的双肩抖了几下，缓缓回头看了一眼台上的小马，眼里满是泪水。

恋上你的床

秀姐第一次看到这张床时,惊呆了。

这张床大得让人难以想象,比秀姐居住的出租屋还阔。形状也不是长方形,不是平民百姓家常见的那种,而是一个巨大的圆。床的通身上下,裹着雪白的小羊皮。羊皮褥子宽广如草原一样,严严实实地覆盖了整个床面,一直垂到深红色的木地板上。更惊奇的是,床上正对着的天花板,造型别具一格,可以随着灯光的变幻,营造出一种童话般的梦境:白天,蔚蓝天空,整张床像一朵飘浮的白云;晚上则成了幽蓝星夜,群星呢喃中,人睡在床上,像偎在月亮的怀里。

这张床,摆放在深圳市郊一栋豪华别墅的主卧室里。仅卧室,就有上百平方米之阔。别墅的女主人叫丽莎。丽莎对新来的钟点工秀姐说:"这床是我老公特意在国外定做的,十二万英镑。"十二万英镑,该是多少人民币?待秀姐算清楚后,惊得吐舌头。

当晚,秀姐在自己的出租屋里,将一张木板床压得咯吱咯吱地响。她想,那张床,实在是太大了,别说抱个男人,就是抱个枕头,那滋味也像骑一匹骏马,驰骋在故乡的草原上,叫人酣醉不醒。想起故乡,秀姐不由想起了自己的男人。黑暗中,秀姐紧紧搂住一个枕头,喘着粗气,紧闭的眼眶里,泪水似小溪般流淌……

秀姐一直在注意那张床的变化。起初,床上很凌乱,空气中流淌着一股久违的气息。秀姐仿佛看到丽莎和她老公在床上滚来滚去,脸上不由火辣辣的。后来,床的一边越来越干净,另一边则是一绺一绺的长发,还有散落一地的烟灰,甚至有一次,她还在枕头底下找到一把匕首。

秀姐从没见过丽莎的老公。一次干活时,丽莎坐在一旁和她闲聊。丽莎问:"你老公呢?"秀姐正在擦拭鞋柜,听见丽莎的问话,直起腰身,看着窗外姹紫嫣红的花园,淡淡地说:"我老公在老家挖煤,前年春上,塌方,死了。"丽莎说:"我老公,也死了。"秀姐吃惊地问:"也死了?"丽莎叹了口气,默默地看着那张床,好一会儿,神情沮丧地说:"睡在别的女人床上,和死了有什么区别!"

她们经常一块儿聊天,聊得很热乎。

每天清理丽莎的床,秀姐轻轻摩挲着褥子上雪白修长的羊毛,总忍不住想,在这上面睡上一觉,该多好啊,死了都值。这种想法,随着时间的推移,越来越强烈。秀姐感觉身体里有一种冲动,像水草在河水里一样疯狂地生长。那个下午,她实在是无法抑制这种冲动,趁着丽莎外出购物的空当,就着床边小心翼翼地躺下。躺在松软厚实的羊毛上,秀姐感到一阵阵眩晕,全身上下像过电一样,瘫软在那里。她不敢躺太久,一会儿悄然爬起来,望着窗外别墅的大门口,胆战心惊。

这样的次数多了,秀姐变得沉着了。有时,她还会打开"白天"的指示灯,睡在那朵白云上,在蔚蓝的天空下,幽幽地想故乡,想故乡的草原,想草原上她那个以前喜欢骑马的男人。

丽莎很快发现了秀姐的秘密。一个黄昏,一个朋友约丽莎出去吃饭,半路上,对方来电话说临时有事来不了。丽莎把车停在马路边,犹豫了一下,调转车头回家。推开卧室的门,丽莎被眼前的情形惊呆了:幽蓝的星夜下,秀姐怀里抱着一个枕头,大大方方地睡在自己床上。丽莎怒不可遏,走过去正要发火,却看见秀姐脸上漾着甜蜜满足的微笑,轻轻地发出鼾声。丽莎退到门口,默默地站在那里,许久,轻轻地把门带上。

秀姐醒来时,窗外真的是漫天幽蓝的星夜。丽莎烧了一桌子的好菜,坐在客厅的沙发上,笑吟吟地等她。秀姐一脸惊恐,面红耳赤地解释自己可能是太累了,支撑不住,晕倒在床上……丽莎调皮地用食指在嘴边摆了摆,说:"嘘,我的就是你的,睡就睡了呗,怕啥? 我今天心情好,你陪我一起吃饭吧!"

饭后,丽莎留她在家过夜。两人躺在那张床上,像一对姐妹,无话不谈。一会儿是"蔚蓝的天空",一会儿是"幽蓝的星夜",午夜深处,灯光在兴奋地变幻不止。

半个月后,那张床突然发生了变化,恢复了起初的凌乱不堪,空气中又开始弥漫着一股男人的气息。丽莎的老公回来了。

这个长相有些猥琐的矮个子男人,竟然不再满世界跑了。他一心一意地守在家里,忙前忙后,把丽莎乐得一天到晚合不拢嘴。丽莎对秀姐说:"他归心了,我总算熬到头了。现在,我们准备怀孩子呢。"

第二天傍晚,秀姐在丽莎家干完活,走在回家的林荫路上,被丽莎开着车追了上来。丽莎没有下车,戴着墨镜,摇下车窗,递给秀姐一个信封,说:"你不用来上班了,以后也不要再见面了。这是一万块钱,算是我补偿给你的。"

"为啥?"

丽莎没有回答,眼里涌出泪花,一踩油门,开着车走了。一溜烟中,一只手伸出车窗,朝后面摆了摆。那一刻,秀姐望着丽莎远去的车影,怔住了,成了秋天深处的一棵树。

关于我爱你

我说:"你干脆嫁给我得了。"

温小刀抬起头,吃惊地看着我,看了一会儿,说:"好。"

我没想到她竟然会答应,而且如此爽快。我抬手摸了摸自己的鼻子,想找点话儿说,却一时不知该说什么好。

温小刀扭转头,目光越过我的头顶,木然地看着窗外的蓝天白云。

气氛有些尴尬。

还是温小刀率先打破了沉默。她拿起我开给她的处方笺,略带歉意地说:"要不,我先去药房抓药?"

我如释重负地点了点头,甚至语无伦次,说了一个医生不该说的话:"走好,欢迎常来。"

温小刀闻言,停在门口回转头看我,掩嘴笑了。一朵娇艳的梨花,"扑哧"一声,在她苍白的脸上闪了一下。

新婚之夜,我趁她心情愉悦,问她当时怎么会那么爽快地答应我。

她咯咯地笑,笑个不止,像只小母鸡一样在我怀里乱颤。她说:"其实什么都没想,傻子才想那么多。婚姻这玩意儿,说到底,就是一场前程未卜的豪赌,和谁赌不是赌?不如干脆赌大点儿,赌刺激些。"

温小刀又往我怀里拱了拱,紧紧地搂住我,揶揄道:"哦,对了,大哥,您尊姓大名?"

我彻底感受到了什么叫人生的失败。

温小刀是个病秧子,很多人不得的病她都有,比如慢性支气管炎、胃病、风湿性心肌炎。显然,她是把药片当饭吃长大的。我大学毕业后在这家医院工作了三年,这三年里,温小刀几乎三天两头地来找我。那天,我站在诊室的窗前,看着楼下花园里又是一春的绿肥红瘦时,莫名地伤感,我对自己说,我该有个家了。这时,温小刀推门进来看病,看完,我就对她说了那句话。其实,我说那句话时,完全是无聊,那时的温小刀在我眼里,只是我一个长年的病人,一个异性的符号。甚至,她是否成家,何方人士,父母是否健在,她的经济条件如何,她的病会不会影响生育,她睡觉前洗不洗脚,诸如这些,我一无所知,根本没去了解。

温小刀从一个病人升级为医生家属后,我们在经济上 AA制,每晚共躺在一张床上,偶尔在一个锅里吃饭,其他的和婚前没任何区别。她依然经常来找我看病,像其他病人一样挂号排队,只是看完病,有时会问一句:"晚上回来吃饭吗?"我对她的了解,也仅仅多了一条而已:她是个公务员,在政府部门上班。其他的,我就一问三不知了,也懒得去打听。这些已经客观存在的事实,不会因为我的关注而改变,所以我没必要去浪费宝贵的时间。在东莞这座城市,男人要忙的事儿太多了。

一天早上,我像往日一样夹着公文包,正准备换鞋出门去上班,这时,赖在床上的温小刀突然叫住我:"亲爱的,你就没发现我最近有什么不同吗?"

温小刀的话把我问住了,我站在鞋柜前想了半天,最后还是老老实实地摇了摇头。

温小刀兴高采烈地说:"我都快一个月没去医院找你看病了,我想我的病应该是好了。"

我仔细想了想,一拍脑袋,说:"对呀! 这是天大的好事儿,我们应该找个地儿好好庆祝一下。"

那天,为了庆祝温小刀身体痊愈,我请假陪她去了大岭山国家森林公园。在一片青山秀水间,温小刀异常兴奋,露出了孩子般天真的笑容,我不失时机地摁下了相机的快门。我第一次发现,温小刀其实长得挺漂亮的,俊俏的脸蛋、高挑的身材、修长的大腿,整个一大美女。

吃完晚饭下山时,天色渐渐暗了下来。狭窄的山路上,不见一个人影。各种不知名的动物在森林深处发出凄厉的鸣叫,让人听了毛骨悚然。温小刀紧紧地攥住我的手,嘴里不时埋怨我不该耽误到这么晚。

我撇撇嘴,说:"就这点破山路,手心都吓出汗了,至于吗?"

起风了,孤魂野鬼般,在空荡荡的山坳里呜呜作响。温小刀吓得再也不敢吱声。她死命地搂着我的腰,好像我是一只老鹰,随时都可以带她一起飞走。

我们的身影团在一起,在坑坑洼洼的山路上跌跌撞撞。

这时,我偶尔一抬头,发现前面的山路中间,停着几头黑魆魆的庞然大物,好像是在专门等我们。我吓得魂飞魄散,赶紧拉着温小刀转身往回跑。我们一边跑,一边回头看,那几头庞然大物竟然在追赶我们。温小刀吓得差点哭出声来,没跑几步,脚下不知被什么绊了一下，一个趔趄绊倒在地。那几头庞然大物立刻撵了上来，把我们围在当中，不停地转圈儿玩。我双腿一软，吓瘫在地上。

庞然大物一共有四头，通体黑色，头小嘴尖，长着长长的獠牙，脊背上的鬃毛刚硬如针。"是野猪，我们装死吧。"我对温小刀小声吩咐道。

温小刀反而清醒了许多，大声嚷道："你以为它们是狗熊呀！装死会完蛋的。"说着，她竟然自己站了起来，把我护在脚下，对着野猪诡秘一笑。然后，使出了让我终生难忘的动作：她双手握拳，反在身后，踮着脚跟，直竖脖子，仰面朝天，整个身体如一张弓紧绷着，在朦胧的夜色里，成了一幅黑白分明的剪影。

"嗷——嗷——"

她突然狂吼起来，野狼一般地瘆人。

"嗷——嗷——"

山谷里传来了连绵的回音。

四头野猪吓得赶紧退了几步，又相互看了看，然后各顾各地扭头狂奔。

"嗷——嗷——"

温小刀依然锐叫不止。

野猪跑得没影了。温小刀用脚踢了踢瘫在地上的我，说："嘿，我们回吧。"

我满脸羞愧地爬了起来，一把抱住温小刀，捧着她的脸，鸡啄米一样狂吻不止，同时嘴里禁不住喃喃自语："我爱你！我爱你，亲爱的！"

温小刀身子一颤，软绵绵地蜷在我怀里，眼中的泪，泉水一般无声地涌了出来。

这时,我才发现,她的身上,早被汗水浸透了。

与刘若英相遇

你似乎从没预料到,这辈子能和刘若英相遇。毕竟,刘若英是一个大明星,而你只是一个普通的乡下农妇。

你们相遇,是在一个秋天的下午。那天,阳光很好,你正在地里拔萝卜。远远地,公路边停着一辆小车,一个穿黑色风衣的女子,戴着墨镜,双手插在口袋里,立在路沿,酷酷的样子,颇有兴致地四处打量着。你当然无从知晓,她就是刘若英,那个当红的大明星。

她站了一会儿,向车里的人打了个招呼,便径自向你这儿走来。田埂不宽,还有些沟沟壑壑。秋天的天气很好,将田野晒得干燥松软。刘若英穿着高筒皮靴,走在田埂上,轻盈的身影,像一只美丽的蝴蝶。但在你眼里,她只不过皮肤白皙,衣着光鲜,和很多城里人一样。你知道,顺着这条公路,往山里走个十多公里,有一个很大的水库,很多城里人喜欢去那里度假。这样吃了饭没事干的城里人,你见得多了。所以,你漫不经心地瞅了一眼后,继续低下头专心拔你的萝卜,你甚至没去想,她是不是来找你的,或者找你干什么。

你肯定不知道,在对方眼里,你幸福地活在一幅油画里:金灿灿的秋阳,背景是一抹如黛的群山,你扎一条蓝色的头巾,正在空旷无垠的田野上拾掇萝卜。远处,有人在烧稻草,袅袅炊烟如云朵般升起,空气中弥漫着一股熟悉的草木灰的味儿,瞬间点燃了她儿时的记忆。

"大姐,你好!"她站在你家的田埂上,摘去墨镜,笑盈盈地看着你。"你好!"你有点不习惯地回道。你确实迟疑了一下,一种受宠若惊时的不安在心头一闪而过。你见过很多城里人,但像这样友善热情的,你还是头一次遭遇。

接下来的时间很愉快。你选了两个鲜嫩的萝卜,在旁边的小溪里洗干净,递给了她。她则在田埂上找了处干净的地方坐下,剥下一截长长的萝卜皮,一边吃,一边和你聊天,高兴得手舞足蹈。你在离她不到两米远的地里,手里忙着活儿,和她说说笑笑,像一对熟稔的姐妹。

聊着聊着,你才知道她刚才叫你大姐亏待了你。你们同岁,只是你灰头灰脸,看起来比实际年龄大十来岁,她看上去却比实际年龄小十多岁。一个农事操忙,一个养尊处优,使一对同龄人在外表上成了两代人了。你作为女人,忍不住从心底发出啧啧的感叹声,岁月太无情了。她的声音,醇厚,酥软,又不是那种让人起鸡皮疙瘩的嗲味。你问:"你不是本市的吧?"她则浅浅地笑,说:"我是台湾的。"

"哦,怪不得你声音这么好听呢。"你也跟着笑,露出一口好看的洁白的牙齿。你当然不知道她因为声音好听而外号叫"奶茶",更不知道奶茶是什么意思。在你的眼里,世界上只分为城里人和乡下人,有钱人和穷人。城里人离你的生活很遥远,更别说她这个有钱的台湾人了。你起身看了看面前剩留的萝卜地,想,加把力,赶在天黑前,把这里拔完,明天还有明天的事呢。

临走时,她唤助手拿来照相机,说要和你合影。她亲昵地搂着你时,你心不在焉地笑着。你在想身后那一大堆萝卜,今晚一定要洗出来,明天拉到城里,趁着鲜嫩劲儿,应该可以卖个好价钱。

照完相,她一个劲地夸萝卜清甜可口,又向助手要了一张票,客气地说:"今晚在市体育馆有演出,送一张嘉宾票给你,大姐你一定要去。"你接过票,顺手塞在口袋里,懵懵懂懂地点头,说:"一定去,一定去。"

你终于赶在天黑前,将地里的萝卜用板车拉回了家。做好饭,喂了猪,关了鸡,然后和丈夫在院里的水井旁洗萝卜。一边洗一边和丈夫说下午的事情,说着说着,你突然怔住了,在身上擦了擦手,从口袋里掏出那张票,对着灯光瞅,娘哎,这张票 1280 元!

还有 40 分钟开演,还来得及。你忙招呼丈夫锁上家门,发动农用车。你丈夫是个老实人,向来对你百依百顺。黑黢黢的山路上,农用车风驰电掣,心急火燎地向市区驶去。老天,什么演出,要 1000 多块钱,这得多少车萝卜呀?黑暗中,你的心里充满了无限憧憬。

体育馆人山人海。

你让丈夫在外面等你,丈夫有些不满,嘟着个嘴,却不敢说话。你脸一红,对丈夫悄声说:"回去后,我们爬花花山,把你累死。"丈夫咧嘴笑了。花花山,是你们村后的一座山,"爬花花山",则是你们夫妻之间的暗语。

一个城里的男人在门口拦住你,说出 1000 块钱买你的票。你犹豫了一下,咬咬牙,甩开那男人的手,随着人流进去了。检票的看了你半天，然后毕恭毕敬地把你领到一大堆省市领导中间坐下。你很后悔今晚没有好好打扮打扮，你怕给她丢脸，因为看着周围森林一般的海报，你知道她叫刘若英，是个唱歌的有钱的台湾人。

你激动不已，能够和一大堆省市领导坐在一起，观看本市成立20周年的大型演出晚会，这辈子没有白活啊。

舞台上五光十色，各路人马粉墨登场。呐喊声，欢叫声，海啸般将你吞没。你对谁都不感兴趣，一眼不眨地盯着舞台，期待着她的上场。

一个小时过去，你的倦意渐渐袭了上来，你强打着精神，继续等待。一个半小时过去，你哈欠连天，眼皮越来越沉。两个小时过去，在观众山呼海啸的尖叫声中，作为压轴节目，刘若英一袭白裙，美丽动人，唱响了她的经典作品《为爱痴狂》。

这时，你的头微微仰着，嘴巴张得像窑洞一般大，靠在舒适的嘉宾席上，鼾声震天地睡着了。

悲伤逆流成河

父亲葬礼结束的第二天，母亲像平常一样，早早地去了老街，拉开卷闸门，继续经营她的小饭店。她的手臂上，连块黑纱都没戴。有旁人看不下去，对母亲讥讽道："不要那么急嘛，慢慢来。"

母亲柔声道："能不急吗？孩子他爸没了，但饭店还活着，一家老小的日子还得过。再说了，天塌下来是我个人的事，客人该吃饭还得吃饭，该干吗还得干吗，和平常没什么区别。"

母亲说完，依然站在炉前，平静地望着门口的老街。老街上晴日朗朗，人来人往如河流般涌动，确实和平常没什么区别。对方有些尴尬，识趣地走了。其实母亲心知肚明，对方所言有另外一种意思，无非是指老林。

老林是母亲请的帮工。父亲生前是电力公司的一名检修工，经常在野外作业，很少来店里。店虽然小，但地段好，吃饭的人多，母亲一个人根本应付不过来。时间长了，就有了老林。老林住在城郊，是母亲初中的同学，一直单身。开始，母亲想让老林掌勺炒菜，但两天下来，发现老林压根不是这块料。母亲只好退而求其次，让老林写单收钱，端盘子洗碗，擦桌子扫地，干起了服务员的差事。有一些新来的客人不明就里，对老林老板前老板后地吆喝。老林很不乐意，总是一脸严肃地纠正道："我不是老板，我是服务员，给老板娘打工的。"说完，偷偷瞅母亲。母亲不忘手里的活，一边锅铲在锅底刮得咣咣作响，一边扭头瞥老林一眼，嘴角微翘，漾着笑意。

但今天情况还真不一样。临近中午时，一个戴眼镜的中年男人进店吃炒米粉，他刚刚坐下，便习惯性地喊老林："老板，麻烦来杯茶。"老林顿时来了精神头，用比以往更认真更严肃的态度一字一句地纠正道："我不是老板，我是服务员，给老板娘打工的。"说完，一边沏茶，一边偷偷瞅母亲。母亲像没听见一样，低着头，平静如水，锅铲依旧在锅底刮得咣咣作响。

关于母亲和老林的关系，老街上早传得有鼻子有眼，有人说老林至今未娶，是因为打初中时就开始暗恋母亲，还有人很有把握地说我妹妹就是老林的种。怎么传怎么说，都长在别人嘴上，就像街面上的风，来去无踪，刮两下，当事人岿然不动，便自然消停了。

母亲的平静让老林的内心忐忑不安，两个人缄默无语，各忙自己手里的活。好在今天客人不多，大多时候，母亲都坐在店门口，静静地喝茶，静静地看着街面上。街面上，行人如鲫，来去匆匆。

直到下午四点多钟，外面来了一群人，七八个，站在门口朝里面瞅，交头接耳。老林问是不是想吃饭，他们解释说自己带了菜，想借这里喝点酒，聚一聚。老林有些为难地看着母亲。母亲没有起身，只是点了点头。

这帮人是附近修建高速公路的工人，菜是在外面熟食店里买的卤菜，啤酒也是自带的。开始，他们还有些拘谨，不一会儿，便人声喧哗，彻底闹腾开了。这情形，就像突然闯进来一群强盗，他们猜拳行令，大碗喝酒，大口吃肉，像在自己家里一样旁若无人。老林愤愤不平，几次想发作，都被母亲用目光制止了。

一直喝到天黑，这帮人才心满意足地散去。临走时，一个年轻的小伙子跌跌撞撞站起来，掏出几张十元的钞票搁在桌上，解释说，自己刚刚在老家举行完婚礼，特意邀请几个兄弟出来庆祝一下。出人意料的是，母亲一股脑把钱塞在小伙子的手里，分文未收。小伙子颇为感动，对母亲和老林夸赞道："你们两口子真是好人，好人啊，有好报！"

老林在一旁严肃地纠正道："我不是老板，我是服务员，给老板娘打工的。"

小伙子瞅了瞅老林，扭过头对母亲说："哦，不是你老公呀，你老公不在？出远门了？啥时候回来？"母亲犹豫了一下，不知道如何作答。新郎似乎喝多了，大着舌头继续自说自话："哦，我明白了，你老公肯定是像我一样把老婆一个人丢在家里，这样不对。"说完，手在胸前一划拉，伸出小拇指对自己指了指，然后脚步踉跄，和一群人相互搀扶着，歪歪扭扭地走了。

早春二月的夜，天似暗未暗，街面上笼起一层迷离的雾，水汽氤氲，影影绰绰，宛如一条看不到头的河流。母亲站在门口，犹如站在岸边，望着他们的背影发怔。

老林殷勤地说："忙了一天，你也累了，早点回去歇息。"老林迟疑了一下，转而目光里盈满柔情，继续说道："放心吧，一切有我呢。"

母亲脱下藏蓝色的长衫，里面是毛衣，素白如雪，她的手臂上赫然扎着一条黑纱。那几个背影渐行渐远，愈来愈模糊，母亲目送着，眼里噙着泪花。她对老林哽咽道："我知道，孩子他爸，孩子他爸刚刚来过。"

时间都去哪儿了

他，胖，肉乎乎的，衣服穿在身上，像捆一只肉粽。因为胖，他很少带钱包，碍手碍脚，嫌麻烦，也不好看。事实上确实不好看，一件花 T 恤，一条牛仔裤，揣个钱包，鼓鼓囊囊的，特扎眼。他出门，一般手里抓个手机，口袋里装个几百块钱，昂首走在大街上，面对湍急的人流，目光如炬。朋友都说他像美国人，出门时四大皆空，一身清爽。他听了，心情愉悦，一脸得意。当然，这是他几年前的样子。

几年后的一天，他回故乡，一个文友赠送几本自己写的书给他。文友很客气，将书装在一个文件袋里，双手捧给他。他当时没太在意，握着对方的手，啊呀啊呀地表示感谢。

回到家，他还是没怎么在意，取出书后，顺手将文件袋扔在车的后备厢里。直到有一天，他上银行去取钱，因为数额不小，才恍然发现这个文件袋的好处。文友是政府的一个小官员，所给的文件袋是全市某年度经济工作表彰大会的纪念品，蓝艳艳的，尼龙布面料，光滑结实，提在手里很轻便。他所在的城市治安不是很好，偷盗抢夺时有发生，他在车窗玻璃被砸了两次后，痛定思痛，将各种真皮的手提包束之高阁，拎上了这个蓝袋子。

蓝袋子土里土气，但实用，里面可以放各种零碎：车钥匙、家门钥匙、办公室钥匙、行驶证、驾驶证、身份证、信用卡、手机、香烟、打火机、纸巾、零用钱，甚至避孕套。一个蓝袋子，像一个百宝囊，彻底克服了他丢三落四的臭毛病。更重要的是，它不惹眼，可以远离许多人的惦记。

自从用上了这个蓝袋子，他发现菜市场的菜价降了不少。当然，这和他的穿着也有关系，他已经很少穿鲜艳的 T 恤和带窟窿眼的牛仔裤，更别说油光锃亮的进口皮鞋。他买菜不习惯讨价还价，但不再是从口袋里摸出几张一百的让人家找零，他随身所带的蓝袋子里，有的是零钞。人家找他硬币，他也不会像以前那样拒绝，而是笑吟吟地扔在袋子里，转身递给下一家。硬币这玩意儿，确实碍事，搁在身上不仅沉，而且容易丢。有一次洗车，洗车师傅从座位底下和各个犄角旮旯里抠出四十几枚硬币捧在他面前,让他着实大吃一惊。说起洗车,现在就省事多了,把各种贵重的物品一股脑扫到袋子里,免去了以前左捧右拿的尴尬。

也有不愉快的事儿。

一次,他去找一个熟人。车停在大街上,他穿过两条小巷,站在一栋楼的楼下。他有些拿不准熟人的住处,便向一楼开杂货店的老板娘打听:"老周是住这里吗?"老板娘看了他一眼,站在门口仰着头对楼上喊:"老周,三楼的老周,收电费的找你!"

收电费的? 他哭笑不得。转而低头看自己的打扮,一身篮球无袖背心和短裤,一双沙滩凉鞋,手里提着一个污迹斑斑的蓝袋子。晕,还真不能怪人家有眼无珠。临上楼时,他笑眯眯地对老板娘说:"顺便通知你一下,从下个月开始,每度电上涨一块二毛钱。"

还有一次,他去参加朋友阿贵儿子的婚宴。刚刚走到酒楼门口,有人热情地迎了上来,大声招呼道:"村主任来了,欢迎,欢迎!"

阿贵忙跑过来纠正道:"村主任还在路上呢,这个是夏老板。"

他尴尬地挠了挠头,从蓝袋子里掏出一个红包递给阿贵,自我解嘲地问那人:"村主任有我这么休闲吗?"

尽管这样,他对这个蓝袋子依然是不离不弃,敝帚自珍。时间久了,袋子底下磨出了一个洞,他举在手里望了半天,对妻子说:"帮我补补吧。"

妻子说:"别补了,脏兮兮的,值几个钱呀。"他笑着摇摇头,讲了关于这个袋子的一些事情和好处。妻子打量了他半天,说:

"你老了。"

"老了？我才35岁呢。"

"对，老了。你不再讲排场和面子，也不在乎别人的眼光，而是追求实用，追求随意，心态平和，这是一种成熟的老。"

他知道妻子的话有些道理，但依然忍不住郁闷地想：我怎么就老了，时间都去哪儿了？

幸福可望不可即

一碗面，卧着两个煮鸡蛋。

秋娘撒上葱花，淋上小半勺香油，满面春风地端上桌。山牛接过面条，开始风卷残云，一边吃一边夸："好吃！"

屋里无外人。他们隔桌对坐。秋娘笑眯眯地看着山牛的吃相，像看自己男人一样心生甜蜜。

山牛抬头，见秋娘目光异样，顿感身子发烫，口干舌燥。

按风俗，客人不能把两个鸡蛋都吃完，得留一个给主人，以示尊重。山牛用筷子划拉着两个鸡蛋，像划船一样，在秋娘心中荡起一层层涟漪。

山牛说："东家嫂子，你也吃一个。"

秋娘的脸泛起红晕，悄声道："你喂我嘛。"

山牛怔了一下，用筷子小心地夹起一个鸡蛋伸了过去。秋娘探起身，用嘴去接。山牛望见秋娘低开的衣领下，一对饱满的乳房山峰般耸立着,便身心大乱,手哆哆嗦嗦不听使唤,筷子一抖,鸡蛋钻进了秋娘的衣领里。

鸡蛋有些滚烫,从秋娘的胸口、乳沟、肚脐,一路滑落到腰部,才被裤带止住,如一个男人热烈悠长的吻,丝绸般细腻。秋娘脚步踉跄,有些站立不稳,醉了。山牛惊呆了,举着筷子不知所措。

"讨厌,快帮我掏出来!"

"嗯,嗯!"山牛听话地转过桌子,手伸进她的衣领,在胸前摸起鱼来。秋娘呻吟一声,倒在山牛怀里。

山牛顺势把她抱起,进了里屋。屋外,阳光正酣。

其实事情不是这样的。那是秋娘看着山牛吃面时的瞬间想象而已。

其实当时山牛用筷子划拉着两个鸡蛋,并没有礼让,犹豫了一下,自己吃了。

山牛吃出一身的汗,解开短袖上衣的衣扣,敞开怀纳凉。

秋娘望着山牛一身隆起的肌肉疙瘩,光滑壮实,便心生惊羡,脸色绯红。

山牛诧异地问:"东家嫂子,你怎么啦?"

秋娘把脸扭向一边,没有吱声,眼里却泪水涟涟。

"你哭啥?"

"没啥,没啥。"秋娘忙掩饰道,却忍不住偷眼去瞅山牛结实宽厚的胸膛。

山牛望着神情落寞的秋娘,忍不住问:"怎么从不见你男人回来?"

"我男人?我男人常年在外打拼,早有相好的,他把我忘了。"秋娘幽怨的目光成了一口井,深不可测。

"我一直在守活寡!"秋娘紧抿双唇,低头看桌面上的木纹。

山牛的眼睛一亮,直勾勾地瞅着秋娘,慢慢地,和秋娘的眼睛连成一条直线,瞬间迸发出新的内容。

两人当即收拾细软,急匆匆逃出门,私奔天涯。

其实事情也不是这样的。这是秋娘看着山牛吃面时的另一种想象而已。

为了不耽误你的时间,我还是把那天真实的情况告诉你吧:夏季农忙,秋娘家缺少劳力,请山牛来帮工。山牛没吃早饭,晌午时饿得不行,独自回来寻吃的。秋娘煮了一碗面和两个鸡蛋给他。秋娘安静地看着山牛吃完面和蛋,又泡了杯茶。两人都没言语。

山牛喝完茶,拍了拍肚皮,起身出门上田,临走时问了一句:"东家嫂子,要带什么吗?"

秋娘有气无力地答道:"不用。中午太阳晒,早点回来。"说完,一屁股坐在椅子上,虚弱地喘着气,怔怔地望着山牛远去的背影,用脚踢了一下身边正在打盹儿的狗。

狗起身跑开,抖了抖满是灰尘的毛,对着秋娘龇牙咧嘴地笑了。

寂寞在唱歌

那一年,我高考落榜,整天在家无所事事,便上春城投靠我表哥老肥。用我父母的话来说,就是学做生意,寻一条出路。

老肥在春城开旅馆,肥得流油,富得流油。

春城,一江波光潋滟的江水,于城中穿过。城里人贪恋江色,在江边建了个巨大的滨江广场,有沿江走廊,有休闲长椅,有健身器材,有歌厅酒吧。月挂树梢之际,这里便成了广大市民消遣娱乐的好去处,也是众多网友私下幽会的隐蔽场所。

网友通过互联网相互认识,往往不是太熟络,先是心有灵犀地找个借口坐一块儿,慢慢发展到躲进花草树林里搂搂抱抱。搂抱久了,嘴便啃在一起,一只手在人家胸前摸,另一只手不安分地要去解人家的裤带。女人立即惊了,起身甩开男人的鸡爪子,愠怒之余,藏着娇嗔,一句"讨厌"让男人如梦初醒。男人明白此地不合时宜,便着急地四下里睃。这时,老肥的生意来了。

夜幕下,老肥的"春水流客栈"的霓虹灯分外晃眼。

老肥的旅馆只有钟点房,房间档次不低,却只收 40 元,超出两个小时另计费。"这房价也太便宜了吧?你赚啥?"我忧心忡忡地问。

"赚啥?"老肥打量了我一眼,嘴撇了撇,说:"你瞧好了!"

这时,一对三十多岁的男女下楼,待女人径自走远后,男人前来退房。老肥瞥了瞥身后的时钟,声音瞌睡般慵懒,说:"一个半小时,40元,'小雨伞'两把,100元,一起140元。"

男人的脸上跳了一下,问:"啥叫'小雨伞'?"

老肥四下里瞅了瞅,压低声音说:"'小雨伞'就是安全套,进口的,没见上面明码标着价? 哥们儿你太厉害了吧,这么短的时间报销了两只,佩服!"

男人笑笑,扔下钱,得意地哼着歌走了。

老肥手里捏着钱,看着我不说话,肥嘟嘟的脸上似笑非笑。我顿时明白了,不由惊叹:"娘哎,太不可思议了! 一只避孕套卖人家50块钱,你进价多少?"

"一块二!"

我愤怒地跳了起来,说:"你就不怕人家去告你?"

"让他告去,这是老子该赚的钱。小子,这里面水深着呢,你多学着点。"

这时,又一对男女下楼,待女人径自走远后,男人前来退房。老肥瞥了瞥身后的时钟,声音瞌睡般慵懒,说:"一个半小时,40元,'小雨伞'两把,100元,一起140元。"

男人掏出钱包,说:"开张发票,连上次的一起写上。"

老肥一边开发票,一边四下里瞅了瞅,压低声音说:"又换新的了? 这个比上次那个水灵呢,大哥,好眼光。"

男人笑笑,扔下钱,得意地哼着歌走了。

我站在一旁傻眼了。我说:"他们蠢啊! 你卖这么贵,他们为什么非要用你的'小雨伞'?"

老肥又打量了我一眼,嘴撇了撇,肥嘟嘟的脸上似笑非笑,说——

"男人和女人这码子事儿,要趁热打铁,隔夜了,女人回家一清醒,男人前面的努力就白搭了。所以,男人一番甜言蜜语把女人灌迷糊后,得赶紧来我这里报到。你瞅瞅,这广场周边除了我这儿还有第二家吗?我这是独家买卖,还便宜。他们进房后,男人得继续下点功夫,哄得女人心花怒放。女人半推半就之余,会不放心地盯着男人问干不干净,怀孕了咋办。此时,我摆在床头的'小雨伞'就派上了用场,既解了男人的围,又宽了女人的心。男人哪有心思去注意上面的价格。再说了,就是注意了,又能咋的?总不能在女人脱了裤子后非常丢面子地说,这里的套套太贵了,你耐心等等,我出去买一个。男人只能吃哑巴亏。"

"你说啥?他们自己准备套子?切,他们就是准备了,也不敢往外掏呀。你想,男人掏出套子,女人会怎么看?原来这是个花心少爷,随身备着套子。女人肯定会提上裤子立马走人。同样的道理,女人即使包里有套子,也不会傻到贡献出来。否则男人会想,刚才还装良家妇女,原来折腾了半天,是个老手。男人下面肯定熄火。至于你说告我,哈哈,偷情的事儿,谁敢去告!老子没告他们就算是积德……"

一盏豪华的吊灯下,老肥嘟哝着肥嘴,像他身后时钟上的秒针永不疲倦地跳动着。我顿时醍醐灌顶,感觉一下子胜读十年书,脑袋唰地开窍了。

两个月后,在旅馆的管理和运作方面,我算是勉强毕业了。我和老肥商定合伙去城西春山脚下开一家分店,由我来负责打理。商定好了,便回老家凑钱。

半个月后，钱凑得差不多了，我正准备启程上春城，突然接到老肥的电话。老肥说："你先别来了，我这儿出了人命，被查封了。"

　　我吃惊地问："好好的，怎么会出人命？"

　　老肥在电话那头恶狠狠地骂道："都是那两个山牯佬害的！前几天，一对山里来的年轻人来开房。你猜怎么的，他们两人服毒自杀了。警方一调查，才知道这对山里人在家自由恋爱，遭到父母的强烈反对，于是私奔到了春城，在我这里双双殉情了。"

　　"啊？"

　　"更离谱的是，他们死时衣服整整齐齐，女方还是个黄花闺女！"

　　我不由惊叹："娘哎，太不可思议了！"

盛夏的果实

　　一天天热起来了。

　　临出门时，妻子正在洗碗，举着两手泡沫，在厨房里唤他："喂，顺道儿去买台电风扇。"他看着满头大汗的妻子，迟疑了一下，埋怨道："买那么多做咸菜呀，早就说了添台空调，你偏不听。"

　　"空调吹多了容易感冒，对身体不好。再说了，光那电费，就让人心里无法安生，买罪受……"妻子的絮叨又开始了。他皱着眉头,只身出了家门。

他在商场选好了一台空调,围着不那么漂亮的导购小姐拉话,拉了半天漂亮的话,人家满面春风,答应送一台电风扇给他。

他把电风扇搁在车后备厢里,指挥两个安装师傅进了另一个家门。和很多有点钱的男人一样,他也养了一个情人。

情人是夜总会推销红酒的,断断续续向他推销了两三万块钱红酒,最终把自己也推销给了他。半年后,情人干脆辞职,在小区租了一个小套房,一心一意做他的情人。眼看着天一天天热了起来,情人说:"老公,我们买台空调吧。"

他说:"空调吹多了容易感冒,对身体不好,还不如电风扇呢。"情人噘着嘴,嘟囔道:"都什么年代了,还吹电风扇,老土。人家都快热死了嘛。"

买空调对他来说,不算个事儿。他看着情人风情万种的撒娇状,一高兴,答应了。

空调装好后,他往情人那边跑得更勤了。开会、出差、洽谈业务、同学聚会,他经常夜不归宿,编排各种理由搪塞妻子。妻子非常固执,崇尚低碳生活。盛夏之夜,他和妻子像两具干尸一样挺在麻将席上,酷热难耐。床头的电风扇,吱吱吱地转着,没完没了,像妻子平日里挂在嘴边的唠叨。

情人这边,则是另一番天地。情人喜欢冬天,喜欢拉上厚实的窗帘,把空调开到十七八摄氏度,冷飕飕中想象着窗外千里冰封万里雪飘。两个人躲在厚厚的被窝里,相互取暖,做情人之间该做的一些事儿。有时,还弓在被窝里打扑克,走跳棋,玩电子游戏。或者,什么都不干,互相抱在一起,于黑暗中沉沉睡去。只有当手机炸响,铃声大作,他才意识到外面还有一个世界,一个炎天暑热的世界。他做贼一般惊得坐了起来,在咝咝的冷气里,对着手机小心翼翼地嗯嗯啊啊。半天,电话挂了,他依旧惊魂未定,将冻得瑟瑟发抖的身子往被窝里缩了缩,在黑暗中双手枕头,望着天花板发呆。情人向他怀里游了过来,假装若无其事地问:"谁呀,你老婆?"他也假装若无其事地撒谎道:"不是,一个客户,烦人。"

他不敢在情人那边过多逗留,不一会儿,找一个借口,急匆匆回到妻子身边,继续在电风扇下,像两具干尸一样挺在麻将席上,继续听妻子的唠叨。转而,又回到情人厚厚的被窝里,继续相互取暖,继续做情人之间该做的一些事儿。

整个夏天,他在两个女人之间来回奔波,苦不堪言。烦躁之余,他习惯泡在网上,守着QQ发呆。他所期待的那个头像,始终是灰的,亦如他的沮丧。

夏天过去之后是秋天。秋风萧瑟时,电风扇和空调瞬间成了一种摆设。妻子把电风扇拆洗干净,用报纸包好,搁进了储物室,说这电风扇呀,其实是好东西,关键要懂得清洗和保养。情人那边,在一次取暖运动后,情人欲言又止。半天,情人鼓足勇气说老家给她相了一门亲,问他该怎么办。他垂头良久,掏出一张存折递给了情人。

情人走后,他把租的房子退了。面对用了一个夏天的空调,他犹豫再三,最后还是找人拆卸下来,搬回了家。

妻子见他大冷天弄一台空调回来,惊问怎么回事。他支支吾吾说一个朋友回北方去发展,嫌带着碍事,便送给了他。

妻子喜出望外,将压缩机和出风机抬到阳台上,里里外外擦洗着。妻子指着抹布上一层厚厚的污垢给他看,叹息道:"你这朋友,不会过日子,啧啧,糟蹋好东西啰。"

他望着妻子蹲在阳台上干瘦的背影,有一种想哭的冲动。那晚,他给了妻子一个丈夫该给的温存,悠长、热烈,像新婚之夜的缠绵。

半夜里,他醒来,起身打开电脑,将 QQ 好友里一个叫"空调扇"的名字,修改成了"蒋小兰"。蒋小兰是他高中的同学,是他的初恋,也是他无话不谈的一个远在异国他乡的网友。

一个都不能少

江南古镇。有一口古井的普通的小杂院。院里住了八九户普通人家。一个古式老屋,格局多年未变,可房内的现代化摆设是愈来愈多了。

这八九户人家中,有一户让人羡慕。丈夫叫郑若奎,妻子叫潘雪娥,他们有一对双胞胎儿子,大宝和小宝。所谓大小,相差三分钟的事儿。

这是上辈子修来的福气,是老天格外的恩赐。

俩小家伙活泼可爱,如同一个模板印的。除了潘雪娥,很少有人能够分出哪个是大宝,哪个是小宝。他们的身材一样高,穿一样的衣服,剪一样的发型,玩同一种玩具,而且都是左撇子,性格外向,同哭同笑,有时一个发烧了,另一个立马也会萎靡不振……郑若奎为此专门查了资料,喜滋滋地向大家解释道,这种现象被科学家叫作孪生兄弟心灵感应。因为这种感应,催生出众多喜剧,让整个小杂院的人一天到晚合不拢嘴。

可是,这种快乐过于短暂。四岁时,小宝没了,几乎是一转身,说没就没了。两个孩子在院子里跑来跑去,你追我赶,小宝一个趔趄栽进了古井,等到大人发现时,一切都晚了。顿时,捶胸顿足,哭声震天,小杂院一片黑暗。

很长一段时间,郑若奎垂头丧气,满脸憔悴。潘雪娥简直送掉了半条命,整日躲在房间里以泪洗面。形单影只的大宝,像一只受伤的猫,瑟缩着身子,从东家串到西家,冷不丁地昂着小脸和大人商量:"我不调皮了,你们让小宝出来吧。"

小院突然寂静下来,大家的面孔肃然沉默,就连彼此的问候,也失去了往日的热情欢快。至于脚步,更是放得轻缓小心,如同踩在一个巨大的伤口上。

郑若奎作为男人,虽然心如刀绞,但生活还得继续,他总算咬紧牙关扛了过来。

过不去这道坎儿的是潘雪娥。谁都能看出,潘雪娥简直是痛不欲生,她的悲伤让其精神接近于崩溃。自打这两个孩子出生后,潘雪娥就辞掉了工作,把所有的精力都放在喂养上,洗涮照管,无微不至。在潘雪娥的眼里,他们都是娘心头的肉,一个都不能少。院子里的人经常听到孩子在潘雪娥左右面颊落下亲吻时的笑声,也能听到潘雪娥唱摇篮曲哄孩子睡觉的歌声,甚至还可以目睹她学孙悟空扛着棍子陪孩子玩耍的情景。他们本该一起长大，一起慢慢陪伴父母到老，但是其中一个突然没了，活生生地在眼前没了，谁能够承受这突如其来的灭顶之灾？

所有关于小宝的衣物、玩具、床铺，都被郑若奎抹除了，像擦黑板一样细致。旅游散心、寻医问药、心理辅导、亲友劝慰……郑若奎想尽了一切办法，却只能眼睁睁地看着潘雪娥日渐一日的颓废。

潘雪娥第二次住进医院时，邻居们又开始深深地为郑若奎揪心了。他既要上班又要照顾潘雪娥，单位、医院两头跑，明显力不从心。郑若奎把大宝托付给邻居们集体照管，大家看着这个满脸胡茬疲惫不堪的男人，禁不住在心里叹息，多好的一家，咋就这样败落了呢？

潘雪娥是个勤快能干的女人，平日里再忙再累也要把家里收拾得窗明几净，但是现在人们领着大宝走进这个家时，才发现家具上蒙着一层厚厚的灰尘，餐桌上残羹冷炙，苍蝇飞舞，卧室里更是一片狼藉。这个家庭曾把他们的欢笑和幸福传递给整个小杂院，然而现在只剩下散发霉味的回忆和绝望了。

女人们卷起袖子，开始收拾杂乱的物品，扫除角落的积尘，拉开阴暗的窗帘。男人们给古井砌上围栏箍牢井盖，清理墙角杂草，搭建空中葡萄架，整个小院焕然一新。

女人们围着大宝说："崽崽，你想吃什么，尽管说。"

男人们围着大宝说："儿子，你想玩什么，尽管说。"

大宝低着头，眼睛紧瞅着脚尖，半天，嘀咕道："我想和小宝一起玩游戏。"

大家小心翼翼地对望着，哑了声。

最后有人嚷了一句："咱们想想招儿,不能让这个家垮了啊。"

一个月后,潘雪娥回来了。

所有的邻居都躲在自家房门后,悄悄注视着郑若奎。他架着骨瘦如柴的潘雪娥朝自己家走去。

站在门前,潘雪娥晃了晃。她扶着门框,眼泪止不住流了下来。因为在以前,每每此时,两个孩子会像燕子一样朝她的怀抱飞奔而来。

郑若奎默默地推开门的一刹那,目光顿时亮了起来——整个家里被修葺一新,墙壁上用雪白的涂料精心粉刷过,地面上更是一尘不染,各种家具用品摆放得井井有条,尤为重要的是,他听到了客厅左边房间里隐约传出的笑声,那是大宝和小宝的卧室。

"小宝,你要赖,你再要赖,我就告诉妈妈去。"

潘雪娥面色骇然,几乎要瘫倒在地上。郑若奎也是大吃一惊,一个箭步冲上去,一把推开房门。

金色的阳光从窗口洒了进来,两个孩子坐在地毯上,面对面,正在兴高采烈地玩游戏。是的,长得一模一样,两个,一个都没少。

郑若奎深感诧异,不由站在那里仔细观瞧,原来是一面巨大的镜子迎面而立,明晃晃,亮堂堂,铺满整个墙壁。

春风沉醉的夜晚

期末考试,强强考了个全班倒数第一名。

父亲王小毛气坏了,抄起鸡毛掸子将儿子猛揍了一顿。李小娟心疼儿子,指着老公的鼻子数落道:"你平日里花天酒地,啥时关心和辅导过儿子的功课? 儿子考得再差,也是基因不好。你以前读书吃鸭蛋还少啊……"

王小毛怒不可遏,抡起巴掌冲了上去。两人扭打成一团。

战斗结束时,天已经黑了。一地碎盘子烂碗中,李小娟披头散发,摔门而出。李小娟在胡同口哭啼了一阵,擦了擦眼泪,从包里掏出手机,给赵大鹏打了个电话。

街上,春风满地。霓虹灯,星星点点地亮了。

李小娟拦下一辆的士,刚刚坐进去,儿子强强仿佛从地底下冒出来似的,拽着车门说:"妈,我错了,我以后一定用功学习。"

李小娟忍了半天,眼泪还是流了下来。在牵着儿子回家的路上,她又给赵大鹏打了个电话。

赵大鹏接到李小娟的第一个电话时,正在外面喝酒。当年的校花主动打电话给自己,言语暧昧,他没有理由不心花怒放。赵大鹏对李小娟激动地说:"那我们就在酒店开个房叙叙旧吧。"

赵大鹏接到李小娟的第二个电话时,心情沮丧。前后才十多分钟,李小娟又回到了以前的冷若冰霜。更要命的是,今晚有家不能回了。他刚刚在电话里向妻子请过假，说右眼皮跳得厉害，担心今晚会有紧急情况，想回所里看看。

妻子不敢不答应。赵大鹏本来是市局的一名普通工作人员，到处烧香拜佛，费了老大劲，才挪到了这个郊区派出所所长的位置，到现在屁股还没坐热呢。

赵大鹏的车，随着车流在市区四处转悠。经过自家小区门口，赵大鹏望着16楼那个灯火温馨的窗口，心中对李小娟非常恼怒：有你的，敢放我鸽子，害得老子现在有家难归。他也想过找个借口进去，但转念一想，算了，歪打正着，岂能白白浪费。

赵大鹏掏出手机，想了想，拨给了刘莉莉。刘莉莉是个富婆，颇有几分姿色，在赵大鹏辖区内开了两家公司。赵大鹏先用暗号问："材料整理好了吗？"刘莉莉在电话那端娇声娇气地说："好了。"赵大鹏笑了，说："我想在材料上签字。"刘莉莉说："讨厌，周末你不在家里陪老婆，对我签啥字？"赵大鹏收起自己的嬉皮笑脸，认真地说："想你，现在。"电话那端沉默了几秒钟，说："那老地方吧，我开好房等你。"

刘莉莉在皇冠大酒店开好房，左等右等，却没等来赵大鹏。赵大鹏在电话里一个劲地表示抱歉，说所里临时有情况云云。赵大鹏真没有撒谎。他在去酒店的路上，经过自己辖区时，心急火燎，黑灯瞎火中把一辆摩托车撞了。那骑摩托车的，满脸是血，见是警察，惊慌失措，一骨碌儿爬起来扭头就跑。赵大鹏顿时感觉不对劲，撒腿追了上去，把那家伙带回所里。一核查，原来是个全国通缉的潜逃犯。赵大鹏立大功了。几天后，他面对新闻媒体侃侃而谈：为了抓捕这个潜逃犯，我放弃了周末节假日和亲人团聚的机会,加班加点,蹲伏了一个来月。

被赵大鹏撂在酒店里的刘莉莉,也不想回家了。那个家,早已名存实亡。刘莉莉沐浴完,穿了件性感的睡衣,端着高脚红酒杯,软绵绵地站在 28 楼巨大的落地玻璃窗前,望着脚底下的万家灯火沉醉在一片春风里,倍感孤独。

刘莉莉喝了两杯红酒,给诗人周文杰发了个短信:皇冠 2808 房,速来。

诗人周文杰,名气不小,但和大部分诗人一样穷困潦倒。刘莉莉私底下很喜欢诗歌,拜读过周文杰的所有作品,非常仰慕他的才华。当然,这些都是刘莉莉个人的秘密。刘莉莉知道诗人不能宠,一宠,就忘了自己姓什么。刘莉莉每个月付给周文杰不菲的薪水,让他主编公司可有可无的内刊,算是间接把他包养了。

周文杰接到刘莉莉的短信,恰好是凌晨一点。这时,他正和女友韩小兰厮守在一起。韩小兰是个乡村英语女教师,平时住校。今天周末,上完课,她挤上开往城里的公交车。等她看到站牌下那个心爱的人影时,城市已经是灯火如海,晚上八点多了。两个人在外面吃完饭,逛了两家超市,采购了一大堆日用品。回到出租房,韩小兰洗了周文杰积攒了两个礼拜的衣服鞋袜,满满两大桶,可把她累坏了。一身汗涔涔的韩小兰进到洗手间,反锁上玻璃门,开始冲凉。稀里哗啦的水声中,周文杰穿个裤衩,躺在床上吸烟,瞅着那个朦胧的胴体,满怀期待。就在这时,刘莉莉的短信来了。

周文杰从床上蹦了起来,快速穿好衣服,拍着玻璃门说:"公司出事了,我得马上去一趟,今晚估计是回不来了。"走到门口,他又踅回来，继续拍着玻璃门说："是两个同事在外面喝酒跟人家打架，现在闹到派出所去了，我不出面摆不平。"

韩小兰双手满是泡沫，正在洗头，扬起脸还没来得及应一句，就听见周文杰急匆匆下楼的脚步声。韩小兰双手在头上停顿了一下，转而机械地搓了起来。

韩小兰冲凉后，躺在床上抱着个枕头，怎么也睡不着。她给周文杰发了个短信：注意安全，早点回来。韩小兰端着个手机，在黑暗里等了半天，也不见任何回复。

百无聊赖。

韩小兰信手翻阅手机里面的通讯录，当看到"黄燕"这个名字时，轻轻地笑了。电话那端很吵，黄燕大着嗓门吼道："我正在东门吃夜宵呢，你赶快过来，我们俩好好喝几杯。"

半个小时后，韩小兰打的赶到东门夜市，见到黄燕，异常激动。两个人紧紧地拥抱在一起。"老同学，三年没见面，是得好好喝几杯庆祝一下。"黄燕的几个朋友在一旁起哄。

喝。

喝了多少，不知道。喝到什么时候散场，也不知道。

等到韩小兰有点知觉时，迷迷糊糊中，发现身上压着一个陌生的男人。那男人喘着粗气，正在剥她的内裤。韩小兰立马清醒过来，愤怒地挣扎，同时失声尖叫道："NO！"

窗外，天唰地亮了。

马不停蹄的忧伤

它们相遇，是在月亮湖，在那个仲夏之夜。

仲夏之夜，月亮湖，像天上那弯明月忧伤的影子，静静地泊在腾格里沙漠的怀抱里。清澈澄净的湖面上，微风过处，银光四溢。它站在湖边，望着湖里自己的倒影发呆。它是一匹雄性野马。

野马即将掉头离去时，听见身后传来一阵嘚嘚的马蹄声。一匹母马在离它不远的地方止住脚步，呼吸急促，目光异样地望着自己。银色的月光下，野马惊呆了——这是一匹俊美健硕的母马，通身雪白，鬃发飘逸。母马的眼里，一团欲火，正在恣意地燃烧。

野马朝母马大胆地奔了过去。它们没有说一句话，只有无休无止的缠绵。这时，任何话都是多余的。

天地之间顿时暗淡，月亮羞红着脸，躲在云彩后面不肯出来。当月亮再一次露出小脸儿时，野马和母马已经肩并肩，在湖边小径上散步，彼此说着悄悄话。

母马问："你家住哪儿？"

野马叹了口气，幽幽地说："我无家可归，被父亲赶出来了。你瞧我身上，伤痕累累。"

母马目光湿润，说："去我那里吧，我家有吃有住，主人可好了。"

野马没有吱声,目光越过湖面,怅然地望着远处的沙漠。远处的沙漠,在如水的月光下,舒展绵延开来,直抵天际。

第二天清晨,巴勒图发现失踪一夜的母马竟然自行回来了,还带回一匹高大威猛的公野马。两匹马一前一后,迈着小碎步,耳鬓厮磨,乖乖地进了马厩。巴勒图乐坏了,激动地对旁人说:"它要是和我家的母马配种,产下的马驹子,那可是正统的汗血宝马。到时候养大了,献给沐王爷,我就要当官发财了。"

巴勒图把野马当宝贝一样精心喂养,连做梦都笑出了声。

三天后的深夜,又是一轮明月浮在大漠之上。野马站在马厩的栅栏边,望着屋外漫天黄沙,饱含泪水。母马小心地问:"你在想家?"

"不是。我不习惯这里,不堪忍受这种养尊处优的生活。我已经下定决心,带你走。"

"我不去!沙漠里太艰苦了,一年四季,一点生活保障都没有,无论是寒冬还是酷暑,一天找不到吃食就得挨饿。你看我这里多好,干净卫生,一日三餐,主人会定时供应。"

"我承认你这里条件是不错。但真正的快乐,是马不停蹄的理想,是天马行空的自由,是奔跑在蓝天白云下,尽情地做自己的上帝。你看看现在,被豢养在这小小的马厩里,整天小心翼翼地看主人的眼色行事,行尸走肉地活着。这种生活,让我忧伤。我的忧伤,你不懂……"

两匹马互不相让,争吵不休。

最终,野马推开母马,挣脱缰绳,冲出马厩,在月下急速地拉成一条黑线,消失在茫茫的大漠深处。它的身后,母马呜咽着,咆哮着,凄厉的嘶鸣声,久久不散。

近百年后的一个午夜,东莞城中村的一间出租屋里,一个叫夏阳的单身男人翻阅《阿拉善左旗志》时,读到一段这样的文字:

民国三年(1914)仲夏,巴彦浩特镇巴勒图家一母马发情难耐,深夜出逃于野。翌日晨,携一普氏雄性野马返家,轰动一时。三天后,野马冲出马厩,不告而别。数月后,母马产下一汗血宝马驹,然宝驹长大,终日对望月亮湖,形销骨立,郁郁而亡。

读到此处,夏阳已是泪流满面。他坐在阳台上,遥望北方幽蓝的夜空,久久地,一动不动。他手里的烟头,明明灭灭。

一地烟头后,他掏出手机,拨通了一个电话号码。他说:"你还好吗? 我……我想回家。"

电话那头,迟疑了一会儿,响起一个凄凉的声音:"你不是说,你的忧伤,我不懂吗?"

夏阳孩子般呜呜地哭了。他哽咽着说:"都三十年了,你居然还记得那句话啊。我老了,也累了。现在,我好想回到你的身边……"他不能想象那匹旷野深处的雄性野马,垂暮之年是否真的还不思回头?

电话那头,泣不成声。

诗和远方的田野

我的初中生涯,悠长而晦暗。

这是一所乡村学校,立于大片稻田之间,破窗烂门,连截像样的围墙也没有。据说这里以前是个大型养猪场,后来改建成学校,直接把猪圈里的隔栏拆掉,做了我们的教室。一群衣衫褴褛的乡村少年,面黄肌瘦,啃着豆腐乳萝卜干在猪圈里书声琅琅。

老师也好不到哪里去,集体蜗居在池塘边的屠宰车间。他们多半来自周边的几个村庄,同时在家耕田种地,养猪放牛,忙前忙后,一身泥泞,外形和农民无异。只有待到快要上课时,才洗去脚上的泥巴,换上酱色的塑料凉鞋,一条白色的背心扎在西装短裤里头,腰间拴着一条同样酱色的军皮带,满头大汗地闯进教室。当然,这是农忙季节,农闲时则优雅很多,解放鞋中山装是标配,胸前口袋里再别上一支钢笔,彰显他们的斯文底子。

老师的来源也较为复杂,以前做村会计的教数学,有生活作风问题的乡干部教政治,杀猪师傅下岗再就业教生理卫生,赤脚老师转正后现学现卖教物理和化学,像英语这么高级的洋学问,多半由师范毕业的年轻老师来担任。至于语文,则像万金油一样,念过几天书的,揣本新华字典就可以走上讲台。

在这支各色人等组成的教师队伍里,罗贤良显得尤为扎眼,借用一个不太恰当的成语,简直是鹤立鸡群。

罗贤良毕业于宜春师专中文系，是全校学历最高的老师。最开始，校长请求他去教所有老师都头疼的英语，他一脸不悦，说自己是语文科班出身，怎么能大材小用呢。校长执拗不过，只好安排他教高年级，于是他成了我们初三的语文老师。为此，一帮解放鞋中山装离他远远的，其实大家都知道，他颇不得志，稍微有点门路的，都会想方设法留在城里，再不济的也能混进乡镇机关，鲜见像他这样落魄，在穷乡僻壤的猪圈里之乎者也的。

也许是见过大世面，罗老师爱穿雪白的衬衫、笔挺的西裤和油光锃亮的皮鞋，再在鼻梁上架一副金边眼镜，可谓风流倜傥。美中不足的是，他门牙暴突，一脸粉刺。罗老师也是本地人，讲课却用普通话，习惯用语是"你知不知道"。最开始，我们以为是要点名提问，不由浑身一激灵，两天下来，发现原来是他的口头禅，每节课至少用十几次，盛气凌人。面对他频频发问的"你知不知道"，我们很快集体麻木不仁，知道的自然知道，不知道的还是不知道。

开学不久，有位家在街上的同学发现新大陆，在寝室里神神秘秘地传唱一首香港流行歌曲。从此，每当罗老师在课堂上问"你知不知道"，我们会在心里不由自主地回应："我等到花儿也谢了。"这是上他的语文课唯一的乐趣。平心而论，他的课讲得了无生气，白开水一样寡淡，除了那句不时插播的"你知不知道"，剩下的便是用普通话照本宣科。而且，他的普通话不太利索，牙疼一样磕磕巴巴。

有一天，非常平常的日子，没有任何征兆，他突然扔开课本，掏出一本《月亮和六便士》，翻到第一页，自顾自地朗诵起来：

"老实说,我刚刚认识查理斯·思特里克兰德的时候,从来没有注意到这个人有什么与众不同的地方。我所谓的伟大……"

他读得很急,像生怕读不完一样,喉结疾速地跳动,暴突的门牙里,口水喷溅出来,像洒水壶一样,一个段落一个段落直往外飞。他从讲台一直读到后门,绕过去又回到讲台,弄得所有人面面相觑,错愕不止。他读到精妙处时,实在无法形容了,便点着书咆哮道:"你知不知道? 你知不知道?"

这一次,似乎没有人再惦记"我等到花儿也谢了",大家惊恐地看着他,不明白他究竟中了什么魔怔。尽管他读的是普通话,异常流利,一改往日的磕磕巴巴,我们是听清了,但不懂他在读什么。是啊,恐怕全校师生加一块儿,也不见得有几人知道"六便士"是何方神圣。

他在猪圈里绕行了七八趟,终于把第一章读完,看看时间,一节课过去了一大半。他意犹未尽,一脸悲悯地望着我们,说:"因为时间关系,剩下的肯定读不完,这样吧,我挑最精彩的片段。"说完,他翻动着那本书的页面,开始跳着读:

"做自己最想做的事,生活在自己喜爱的环境里,淡泊宁静、与世无争,这难道是糟蹋自己吗……在满地都是六便士的街上,他抬起头看到了月光……"

对这些话他不作任何解读,只是神情澎湃地朗诵着,非常急切的样子,一边转圈,一边蘸着口水挑选页面,全然不顾自己雪白衬衫笔挺西裤的斯文形象。他经过我身边时,我瞄见那书上被他用红蓝两种颜色的笔画了一道道横线,还有密密麻麻的点评。

他似乎有些口渴,可惜没人递给他一杯水。他清了清嗓子,继续读道：

"我们每个人生在世界上都是孤独的。每个人都被囚禁在一座铁塔里，只能靠一些符号同别人传达自己的思想，而这些符号并没有共同的价值，因此它们的意义是模糊的、不确定的。我们非常可怜地想把自己心中的财富传送给别人，但是他们却没有接受这些财富的能力……"

这一段话读完，我们突然明白了他内心的孤独。可以想象，这本书是他最近偶尔发现的，可能就在这两天通宵达旦地把它读完，然后到处找朋友倾诉，仿佛发现了这世界上惊天的秘密。可是在这个学校，他是孤独的鬼，几乎没有老师愿意搭理他。世界是冷的，身边的人是冷的，而他的心里正熊熊燃烧着一团火。他无处倾诉，只能游荡在深夜的操场上，寂寞地转圈，望着一轮明月双眼发热，喉管发烫。在今天上午的第一节课，这位眼睛布满血丝、满脸粉刺、异常蓬勃的年轻人，最终无法控制自己的情绪，作为老师，传经送宝一样，让我们生生地承受了。

下课铃声响起时，他恋恋不舍地合上书本，一脸幸福满足的神情，对我们说："我希望大家永远记住这堂课。"

这堂课结束后，罗老师意外地消失了。过了一周，乡政府一个领导的儿子怀揣一本新华字典取代了他。

关于罗贤良的消失，同学们私底下议论纷纷，演绎出多个版本。其中最可靠的说法是解放鞋中山装们集体联名告状，先是校长那里，然后是乡教办，最后是教育局。罪证是他在备战中考这么紧张的关头，居然置学业不顾，对学生大谈特谈外国小说里的月亮爱情和六个骗子，灌输西方资本主义腐朽没落的思想观和价值观。教育局经过调查后，勒令他停课反省，并做深刻检讨。他一气之下，摔了三个热水瓶，吼道："老子不干了！"然后一跺脚，走了。

这堂课让我们集体记住了罗老师，以至于步入社会后漫长的岁月里，罗贤良这个名字总是在幽暗的记忆深处熠熠闪光，乃至终生难忘。也许有人记住的是小说的内容，有人记住的是他朗诵时猴急的神情，有人记住的是他为这堂课而丢了工作。

托4G时代的福，去年居然有同学联系上了罗老师。把他拉进班级微信群的那天，大家纷纷献唱"你知不知道，你知不知道，我等到花儿也谢了"，以此表示自己对他的思念之情，感谢他当年让我们在猪栏里享受诗和远方的田野。这些煽情的举动，引得罗贤良在视频那端满头白发乱颤，欣慰地笑出了眼泪。

很快，有人出面组织饭局，让在珠三角的同学们欢聚一堂。罗老师也被邀请来了。饭桌上，他告诉我们，当年离开学校后，为了谋生，他只身来到深圳，从建筑工地活干起，吃尽了苦头，最终还是学历帮了他，使他进入教育培训行业，成了一名英语补课老师。后来，他跳出来自己开公司当老板，经过多年的打拼和发展，名下现在拥有六家课外辅导机构，赚得盆满钵满。说完，他掏出自己的名片，给每个同学分发一张，并介绍说："我手下师资力量非常强大，老师拥有多年的教学经验，你们的孩子现在差不多即将面临高考，如果购买套餐，我们可以签订协议，二本分数的，保证考取一本，一本分数的，保证上985大学。"他还说："你们是我的学生，我可以打八折优惠大家。"

作为一名写作者，我本想亲口告诉他，他是我生命中的一抹亮光,《月亮和六便士》影响着我的一生。这是肺腑之言,在我心里珍藏了多年,一直苦于没有机会表达。然而,当我手握他的名片时,不得不咽下准备好的台词,缩在同学中举着高脚杯向他附和道:

"祝福罗老师身体健康,财源广进!"

愿你归来仍是少年

早年,他作为省里的主要领导,有一次来丰城视察,下榻在丰城宾馆。

早餐时,面对一大桌子的珍馐美馔,他连连皱眉,难以下箸。旁有心机兔官员察言观色后,忙找他的秘书商量。秘书解释道:"领导出身寒门,靠点煤油灯上的清华,粗茶淡饭惯了。他吃早餐,稀饭馒头、咸菜萝卜干,多年来本色未改。"

心机兔官员心头一凛,立马下令,换!

可怜堂堂一市政府接待单位,稀饭易煮,馒头不缺,咸菜萝卜干却踪迹难觅。去菜市场买吧,一恐时间不及,二忧食物不洁。正当大家抓耳挠腮之际,厨房一烧火的老头,身材矮小,形容枯槁,端出一只碗,怯弱地问道:"这是老朽平日佐酒下饭之物,可否?"

碗是粗瓷蓝边大碗,中有六坨豆腐乳,四方端正,呈二上四下叠罗汉状卧于清亮的茶油中,犹如赣江泊舟,煞是可爱。豆腐乳上，红曲酱簇拥，辣椒粉流延，色彩鲜丽，争红斗艳，既热闹喜庆，又娇羞欲滴。尝之，口感醇厚，清香扑鼻。心机兔官员大喜，笑吟吟地接过碗，一路小跑，亲自端上了桌。

他见豆腐乳上桌，微微一愣，举起筷子半信半疑在碗里蘸了蘸，搁进嘴里品咂了几下，瞬时眉心大舒。据说那顿早餐，他一口气吸溜了两大碗稀饭，外加三个馒头。自始至终，他没说一句话，但谁都看得出他很高兴。

为了让他继续高兴，心机兔官员私下跑到厨房对豆腐乳刨根问底。问到最后，烧火的老头只好如实相告，说这是宾馆后街一老太婆自己腌制的。老太婆年近七旬，平时靠卖柴为生，为了哄着老头多照顾生意，有时会送点豆腐乳来讨好他。

心机兔官员听了哭笑不得，拍了拍老头的肩膀，说："你现在就去老太婆那里，看看她家的豆腐乳还剩多少。对，全买过来！"

他回省城南昌后的第三天，破天荒地亲自给心机兔官员打了个电话。电话里，他和蔼地说："那坛子豆腐乳，我破例收下了，不过下不为例。感谢丰城人民的深情厚谊。"

让他始料未及的是，这件事很快被传播开来，省城大小官员一时趋之若鹜，以吃上丰城豆腐乳为荣，指名道姓非老太婆的不可。

老太婆就这样莫名其妙地过上了好日子。除了自己没日没夜地腌制豆腐乳，还把在外地打工的儿子儿媳、女儿女婿召回来做帮手。至于价格，自然涨了不少，但面对公家的各方订单，依然是难以招架。

多年后的一次写作课上，我给一帮大一的学生讲述了这个啼笑皆非的故事。我的本意是想引导大家运用哲学的观点去探讨众多事件背后的微小起因,或从人性的角度去剖析这幕黑色喜剧中官场的种种荒诞和人心的扭曲。让人意外的是,这帮学生毫不理会我的用意,却对"豆腐乳"产生了浓厚的兴趣。

有同学站起来问豆腐乳究竟是什么东西,和豆腐有什么区别。我还未来得及回答,又有同学通过手机百度后对这个故事的真实性表示怀疑。他直言不讳地说:"一个省领导,怎么可能会喜欢这种又臭又咸的玩意儿?"还有同学在一旁帮腔:"对,除了不卫生,还可能致癌。"

面对同学们的七嘴八舌,我极力控制自己平静下来。这是一所民办的二本院校,学费昂贵,来这里读书的,非富即贵。我微笑着听完大家的发言后,决定因势利导,改变原定的教学计划。我敲了敲黑板,说:"我可以负责任地告诉大家,这是一个真实的故事。"

待大家目不转睛地望着我后,我开始阐述道——

根据我所掌握的资料,领导自幼丧父,家境贫寒,连吃三餐饭都成问题,一坨豆腐乳或者咸菜萝卜干对于当时的他来说,自然是难得的美味。要知道,少年的味蕾会在一个人身上落地生根,成为一辈子无法磨灭的胎记。你们想一想,毛主席进中南海后贵为一国领袖,为什么独独喜好红烧肉,还无辣不欢?同样,周恩来、邓小平等伟人十几岁离开家乡,还在法国留学多年,最后南征北战,直至去世也几乎没回去过,一口浓重的家乡口音却伴随他们终生。还有朱元璋那个"珍珠翡翠白玉汤"的故事,你们应该听说过吧?某个特定时期的食物,会让人一辈子念念不忘。假如若干年后麦当劳、肯德基倒闭了,你们会怎样?尽管被痛斥为垃圾食品,但因为伴随过少年成长,我想你们也同样会念念不忘,成为你们的下一代人眼里那个不可思议的"领导"……

我顺势就这个话题延伸开来,继续讲道:作为老师,我更想以一个过来人的身份请求大家永葆少年时骨子里的真诚、良善和朴素,要像你们的味蕾和乡音一样,一生未曾泯灭。多年以后,无论世界怎样沧海桑田,容颜如何转瞬即老,无论你当过多大的官,爬过多高的山峰,扒开时光的脸,愿你出走半生,归来仍是少年。

讲台下陆陆续续响起了掌声。

我继续讲道:关于这个故事,其实我还没有讲完。本来,我准备的结尾是这样:几年后,领导退居二线,老太婆的豆腐乳再也无人问津。

现在,我想修改一下——

老太婆的豆腐乳生意如火如荼,不少有钱的老板纷纷找上门谈合作,承诺出资买机器建厂房,让老太婆做董事长,打造成丰城版的"老干妈"。也有好心的官员私下建议,赶快注册商标,早日成为地方品牌,套取政府资金扶持。

老太婆瘪着嘴笑道:"折腾那些干吗?都快死了,活不了几年。自己不用卖柴,家里人不去打工,和和气气做点豆腐乳,已经很知足了。钱多了咬手,还咬人,会变得自己不认识自己,知道吗?"

讲台下掌声雷动。